SIEHST DU DEN STERN DORT OBEN, SUNAO? SEIN LICHT HAT FAST ZWEI MILLIONEN JAHRE GEBRAUCHT, UM HIER HERZUKOMMEN.
FLIEGE DORTHIN, KEI!

ICH WERDE BIS ANS ENDE DES HIMMELS FLIE-GEN!

セラフィック・フェザー

Szenario
Yô Morimoto

Zeichnungen
Hiroyuki Utatane

KEI!
SLAM

KRR
VZZZ
TAK
SU-
NAO
...?
KEI
...?!
ICH... ICH
KONNTE ES DIR EINFACH
NICHT PERSÖNLICH SAGEN,
SUNAO... ABER...
WEGEN SEINER ARBEIT
GEHEN MEIN VATER UND
ICH ZUM MOND.

SUNAO? WENN MEIN VATER SEINE MONDSTADT GEBAUT HAT, KÖNNEN DORT VIELE LEUTE WOHNEN...
TLIP
...DANN KANNST DU AUCH KOMMEN UND MICH BESUCHEN ...
UND... UND DU WILLST DOCH PILOT WERDEN, ODER ...?
DANN WIRST DU EINES TAGES ZUM MOND KOMMEN UND MICH HOLEN... JA?
ICH WERDE AUF DICH WARTEN...!
TLIP
KEI ...
UND... ICH... ICH WERDE DIR AUCH SCHREIBEN! OFT!
SUNAO ...
...HEUTE IST DOCH DEIN GEBURTSTAG, ODER ?
TFUT
ICH WOLLTE DIR SO VIEL ÜBER DIE STERNE BEIBRINGEN.
ABER, KEI ...

DU LÜGNERIN !!
KSH IIIN
ICH ...
ICH HASSE DICH...! KEI, DU LÜGNERIN ...!
HIN HIN
DU HAST VERSPROCHEN, MIR VON DEN STERNEN ZU ERZÄHLEN ...
DU ...

ES TUT MIR SO LEID, SUNAO... ICH... ICH ...
POWER
PUSH
ES TUT MIR LEID ...
FSUT

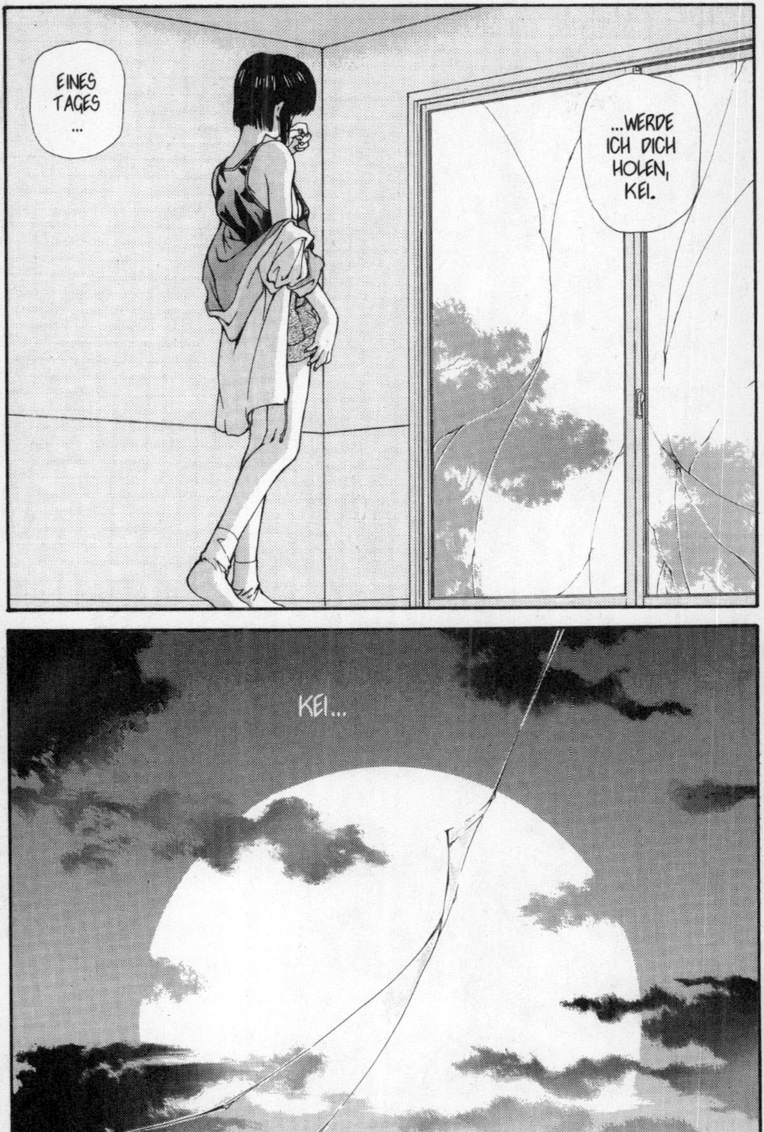
EINES TAGES ...
...WERDE ICH DICH HOLEN, KEI.
KEI...

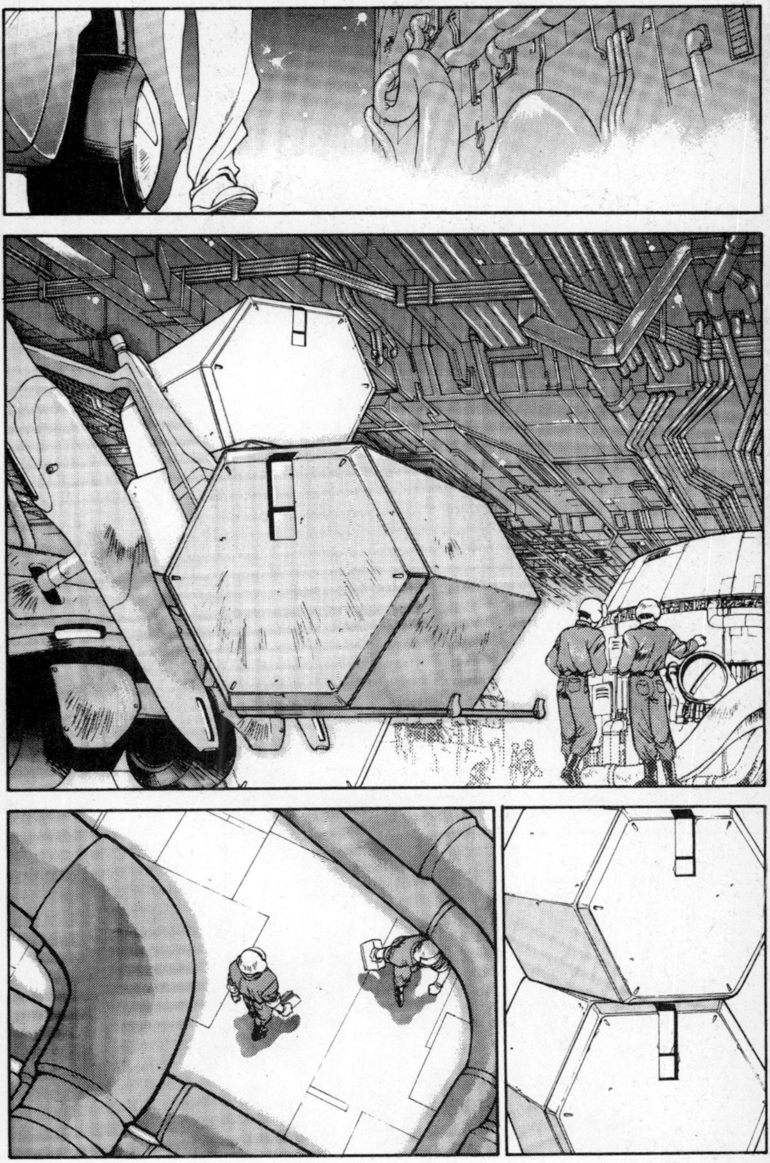

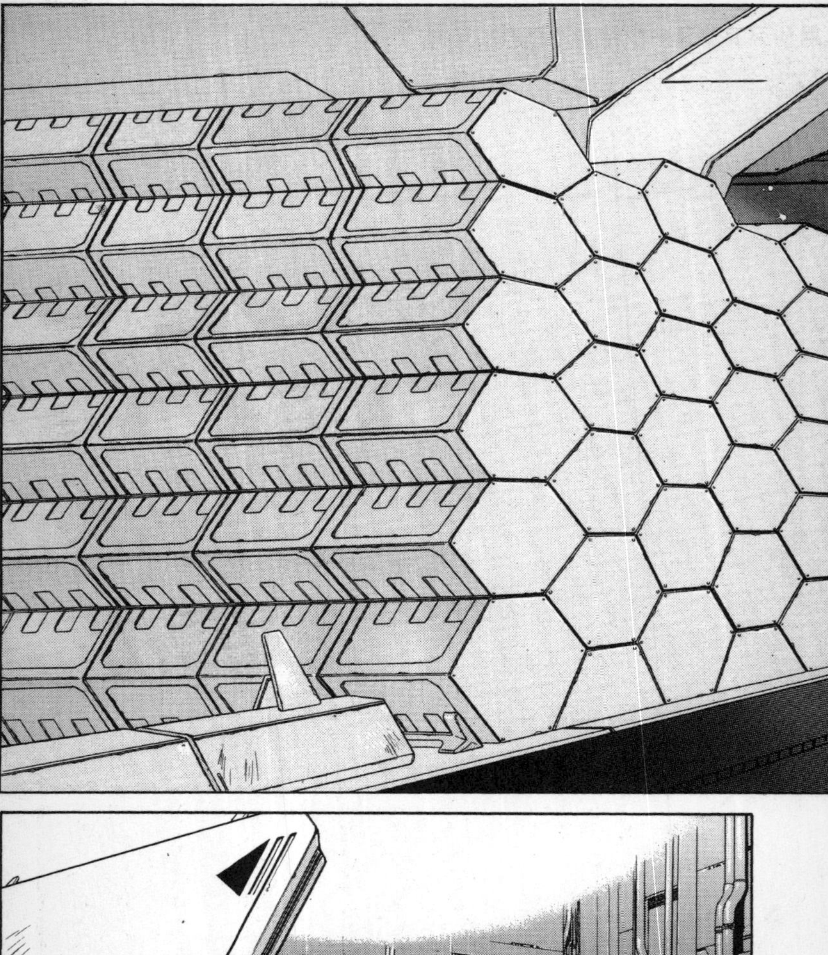

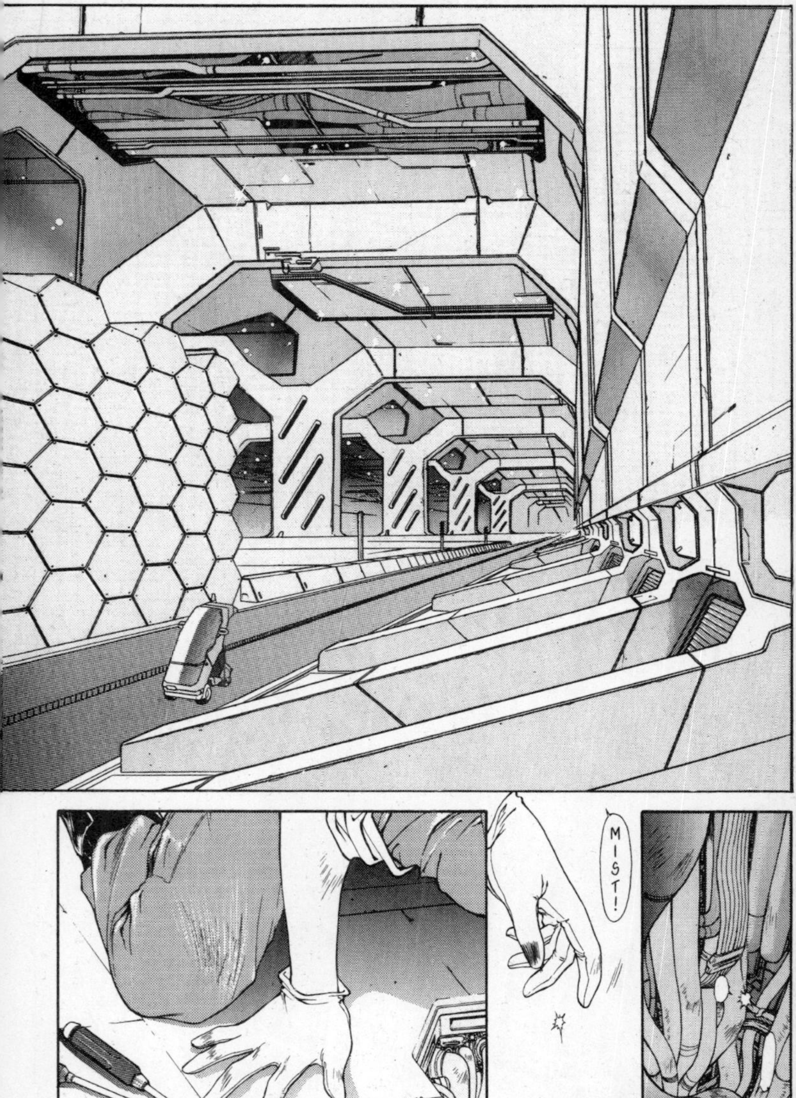
MIST!

SHIT!
WAS MACH ICH NUN ?
HE, SUNAO, HAST DU MAL 'NE MINUTE ?
VLLLNN
PSHH

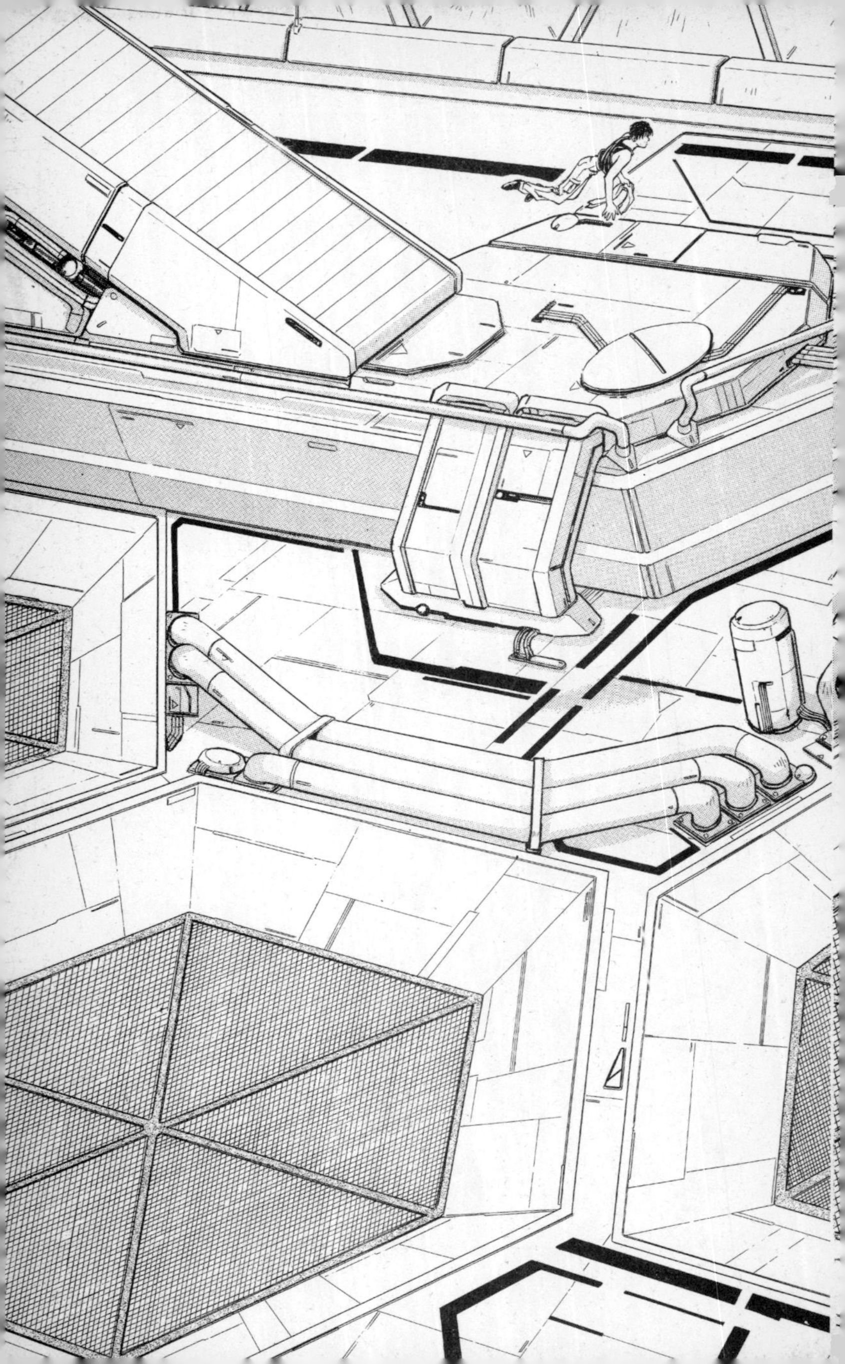

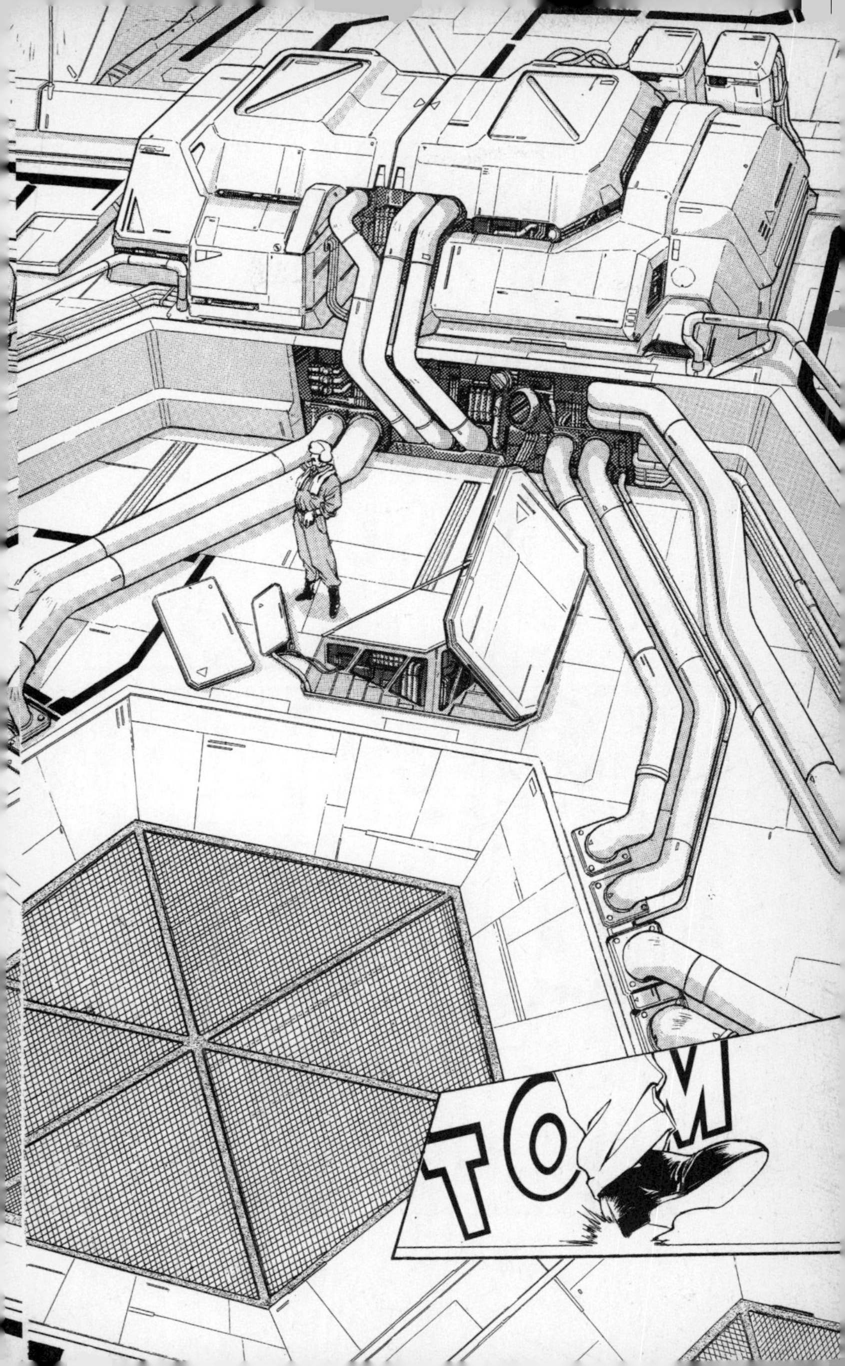
TOM

WAS LIEGT AN, BOSS ?
MIR IST EIN VERDAMMTER VERBINDUNGSBOLZEN IN DEN SCHACHT HIER GEFALLEN.
KANNST DU MAL NACHSEHEN ?

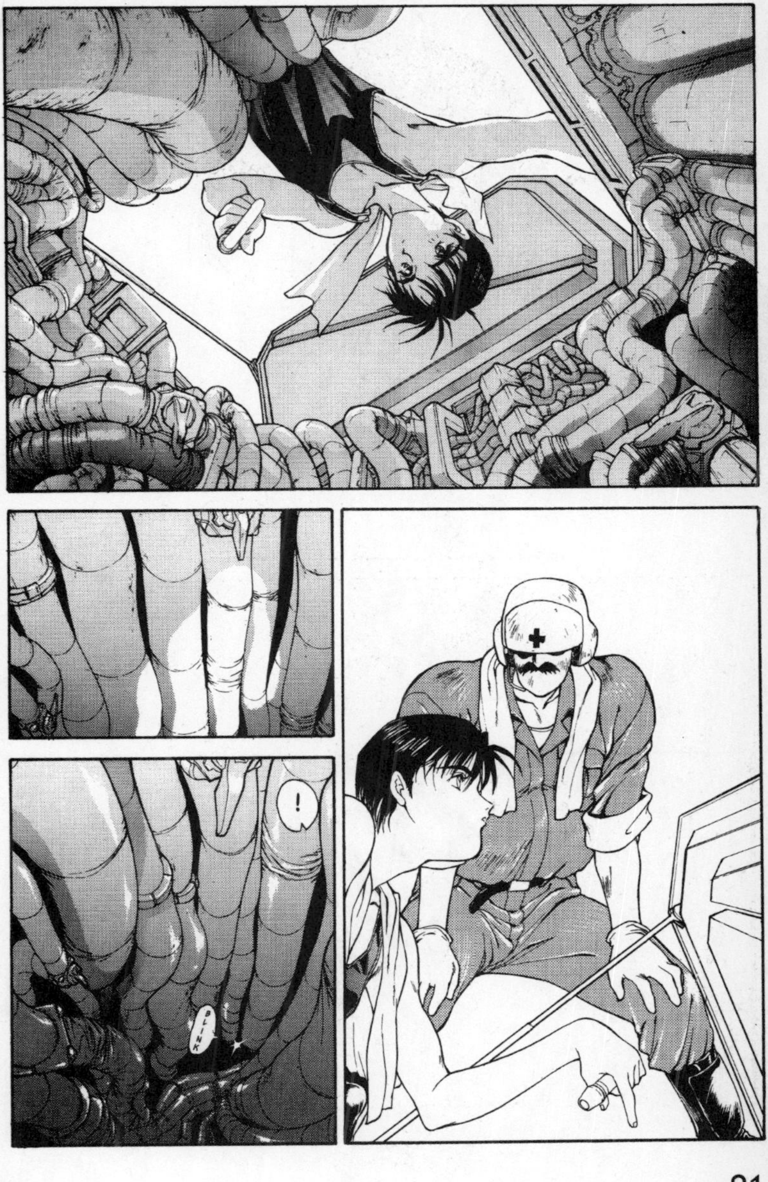
!
BLINK

PFFF
KÖNNTEST DU IHN MIR HOLEN ?

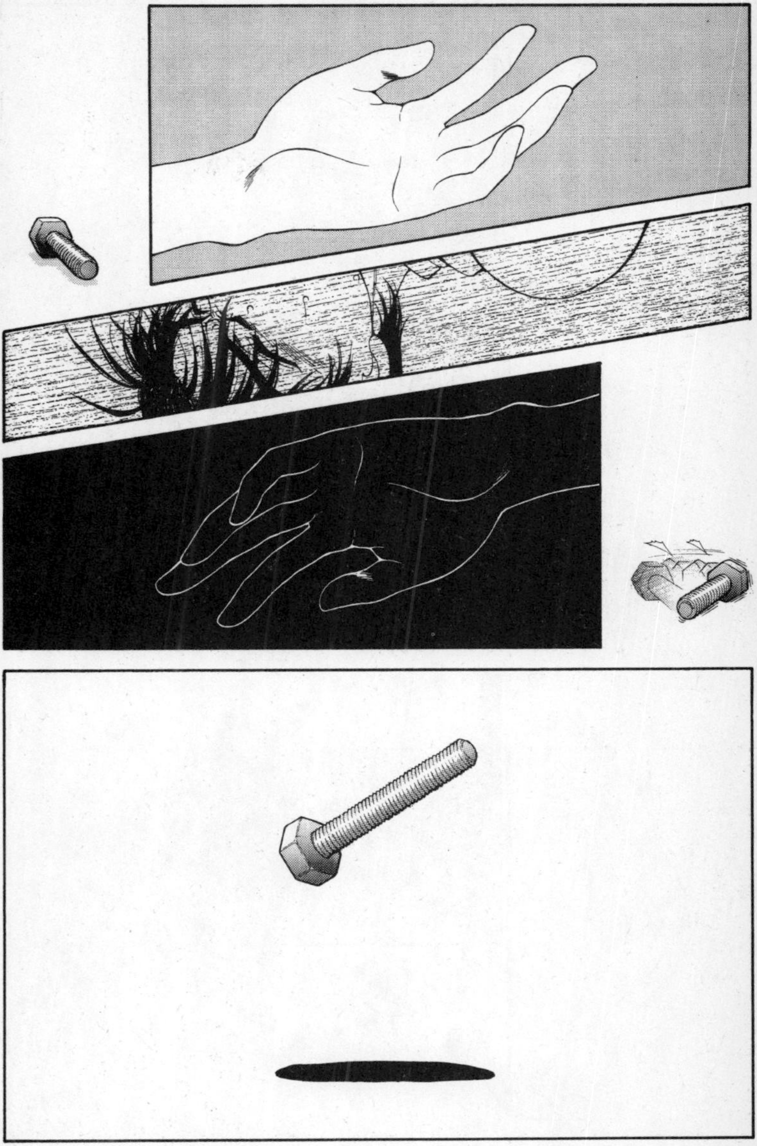

TSHUIT

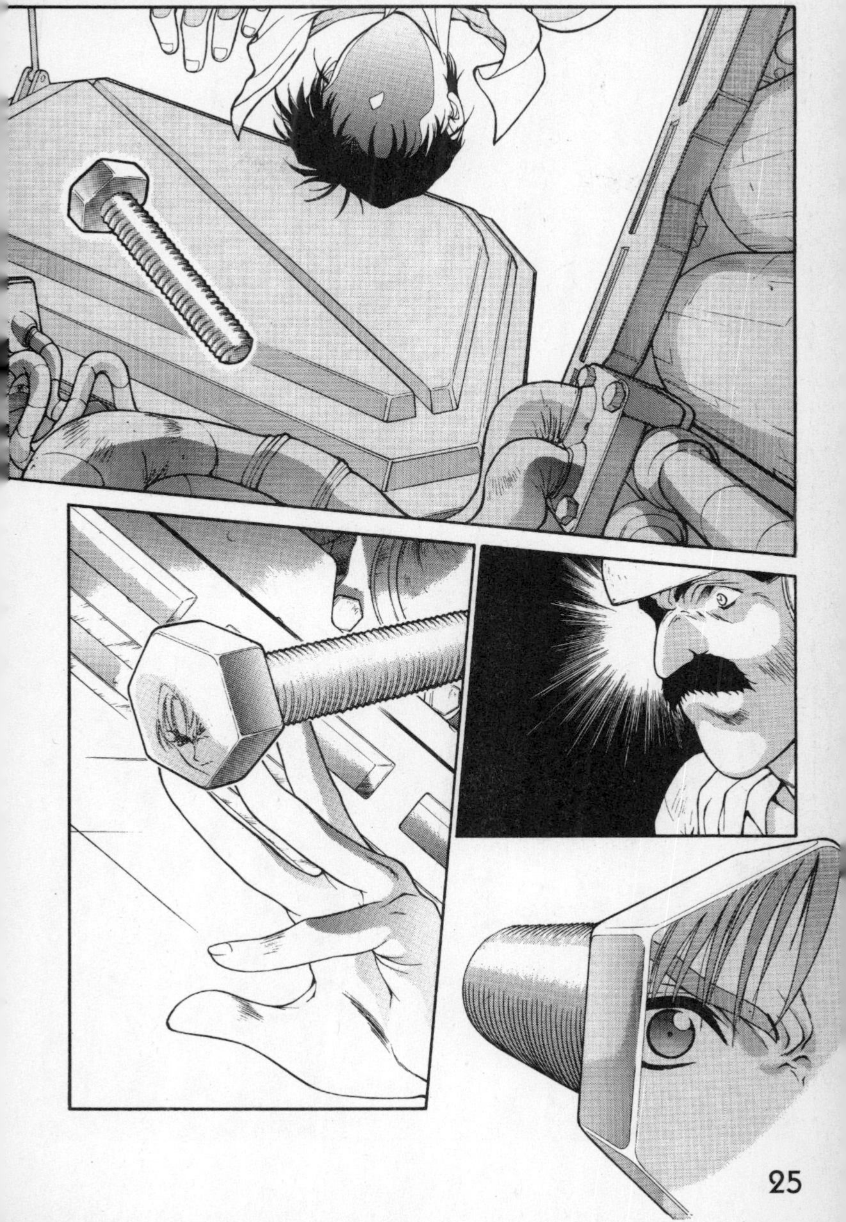

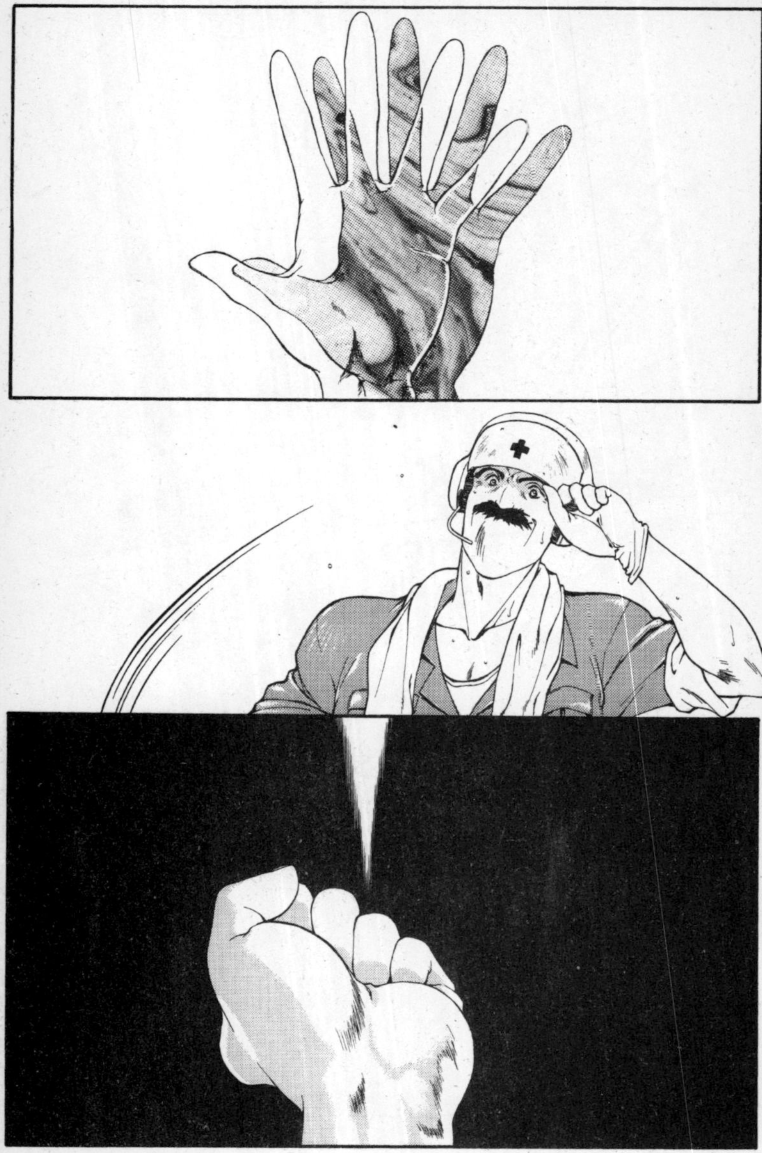

HIER, BOSS!
PUUH ...

MANN, KLEINER, DAS BEEINDRUCKT MICH JEDES MAL WIEDER!
ICH MEINE, PARANORMAL ZU SEIN ...
IST DOCH PRAKTISCH...

NICHT SO SEHR, WIE SIE DENKEN ...
ES IST EINFACH SO ETWAS WIE EINE VERLÄNGERUNG MEINER FINGER.
SO? ICH HAB GEHÖRT, DASS ALLE KINDER, DIE HEUTZUTAGE GEBOREN WERDEN, IRGENDWELCHE SUPERKRÄFTE HABEN.
IN WAS FÜR ZEITEN WIR LEBEN ...
HE!
MEINST DU, MEIN BENGEL KÖNNTE AUCH SOLCHE KRÄFTE WIE DU BEKOMMEN ...?
NA JA... NUR 2 % ENTWICKELN ÜBERHAUPT METATALENTE.
SAG MAL, SUNAO... WARUM MACHT SO EINER WIE DU SO EINE DRECKSARBEIT?

DAMIT ICH ZUR ERDE ZURÜCK-KANN.
ICH HATTE NUR EIN EINFACHES TICKET UND KEIN GELD MEHR, UM MIR EINS ZU KAUFEN.
BIST SCHON SELTSAM, KLEINER. WARUM SOLLTE JEMAND IN DIESE SCHEISSHÖLLE ZURÜCK-WOL-LEN?
UND DANN... WARUM BIST DU ÜBERHAUPT HERGEKOMMEN?
UM DAS GRAB EINER ALTEN FREUNDIN ZU BE-SUCHEN.

NICHT DIE RIESEN-EXPLOSION IM LETZTEN JAHR?
MANN, KLEINER ...
DOCH ...

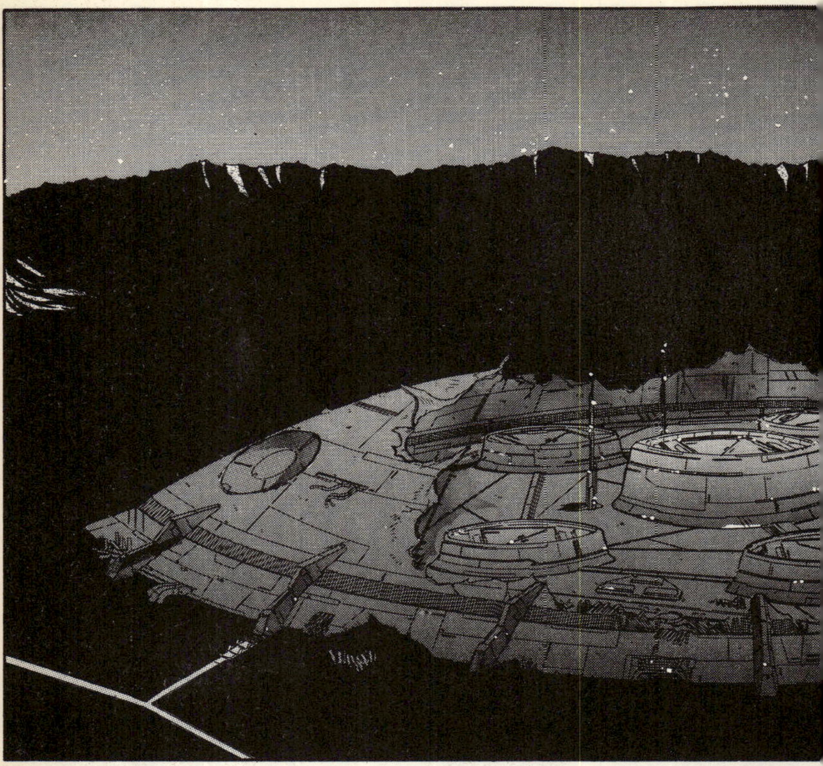

UN Hu DR

Wieder-
holen.
Briep
Kshhh

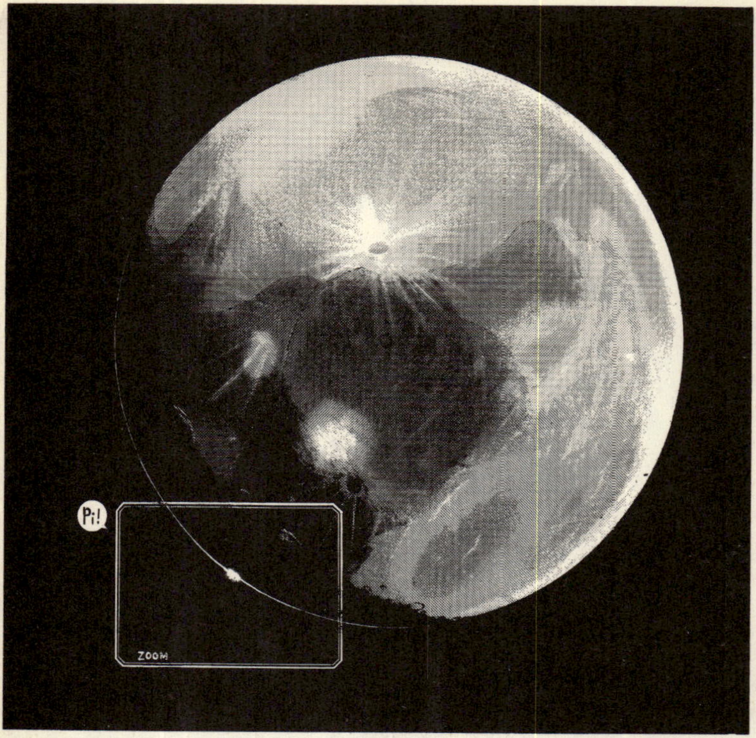
Pi!
ZOOM

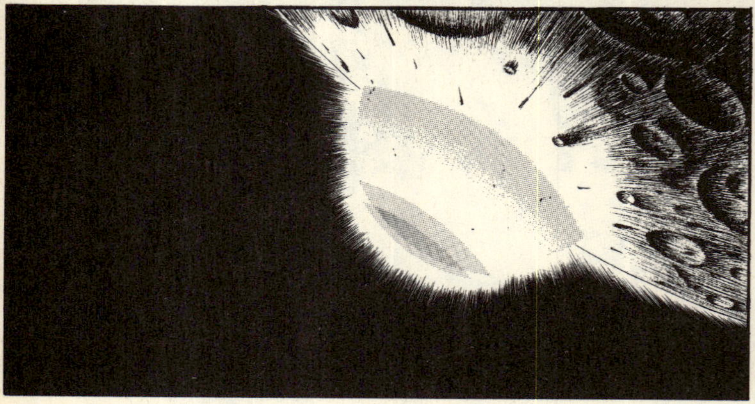

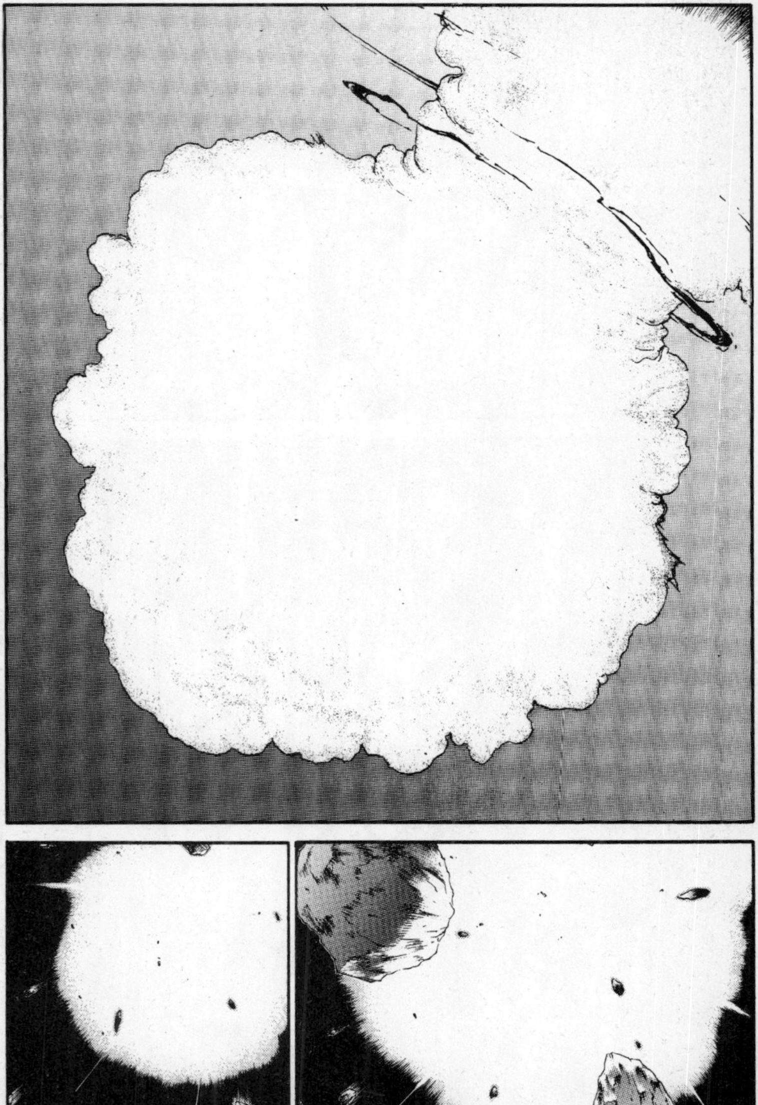

WII SHH
Wie-der-ho-len.
ZZH
OH ...!
CHPAT

HIER BIST DU ALSO, APEP ...!

AHA, DU SIEHST DIR DIE AUFNAHMEN DES UNFALLS NOCH MAL AN ...
PLAT
DAS WIRD JA ZUR OBSESSION ...!

EIN VORZEICHEN?
FARN-IRIS
WENIGSTENS KÖNNEN WIR NUN ENDLICH DIESES ALIENSCHIFF UNTERSUCHEN ...!
NICHT WAHR, APEP?

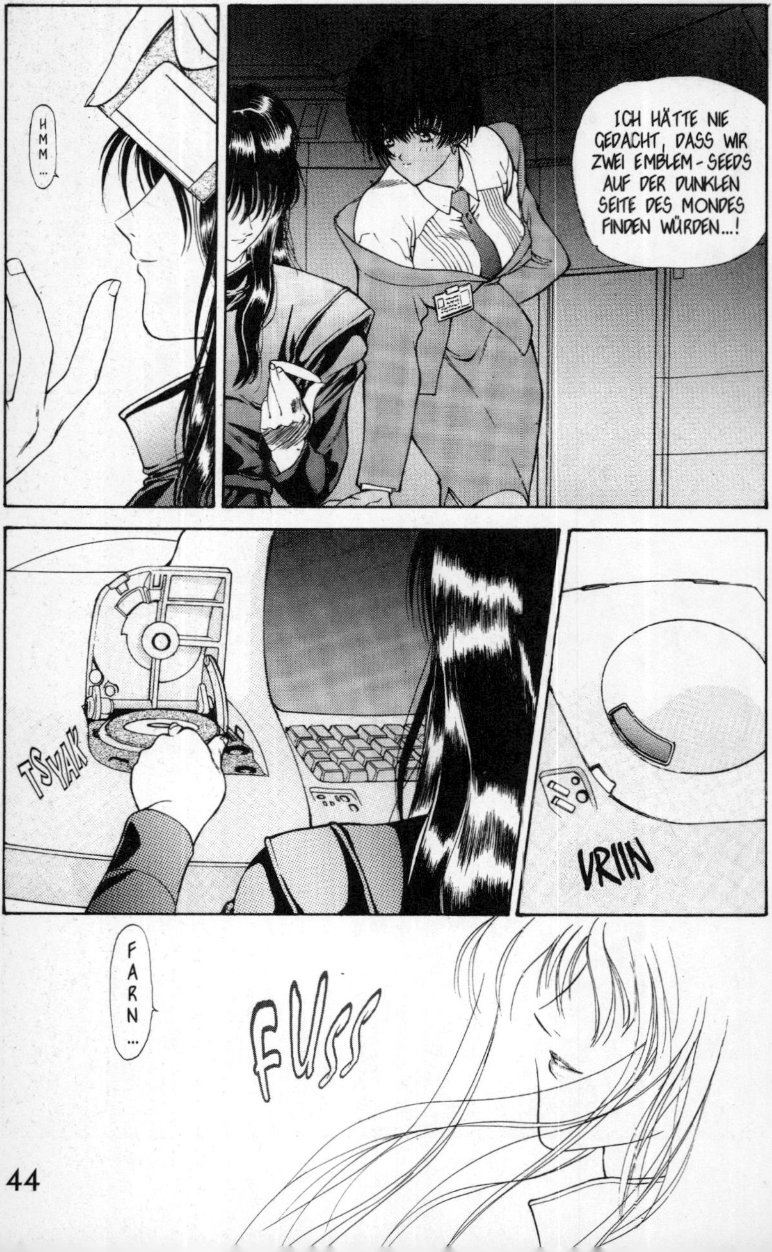

ICH HÄTTE NIE GEDACHT, DASS WIR ZWEI EMBLEM-SEEDS AUF DER DUNKLEN SEITE DES MONDES FINDEN WÜRDEN...!
HMM...
VRIIN
TSYAK
FUSS
FARN...

...DAS HAT DICH AUCH ÜBERRASCHT, ODER ?

AH?!
PTAM

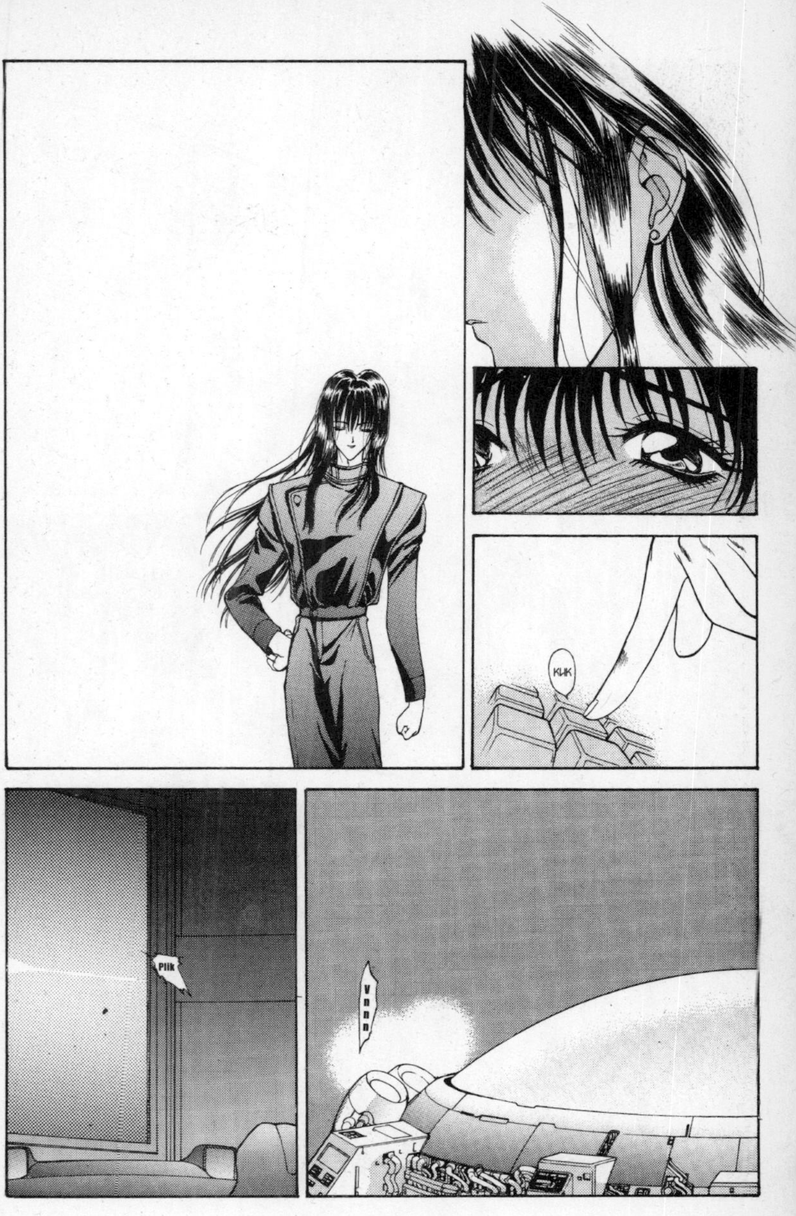
KHK
Vnnn
Plik

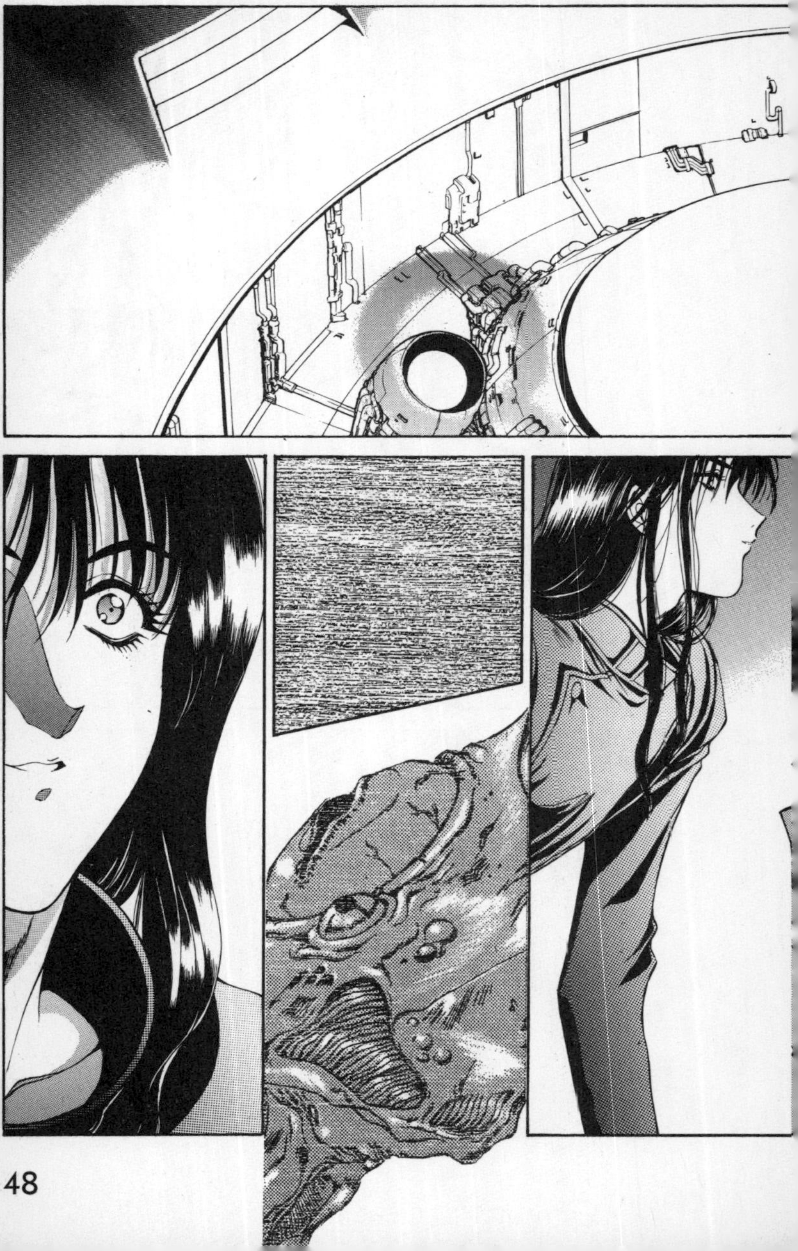

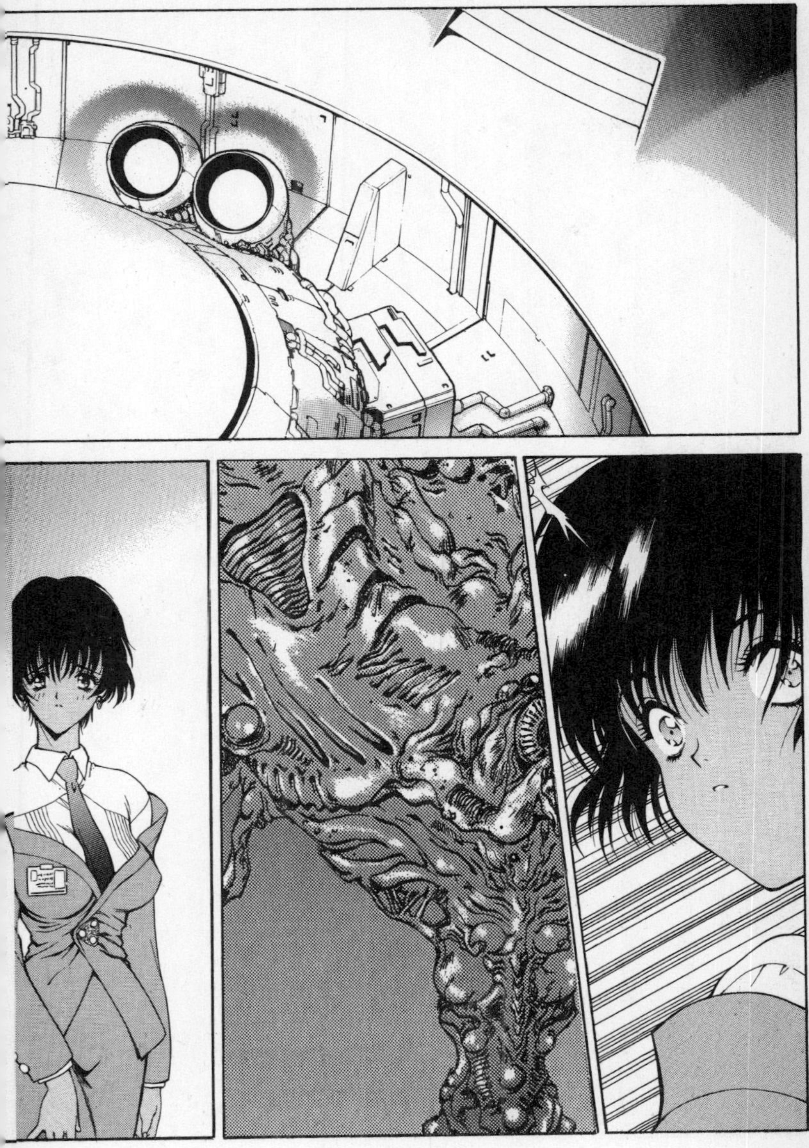

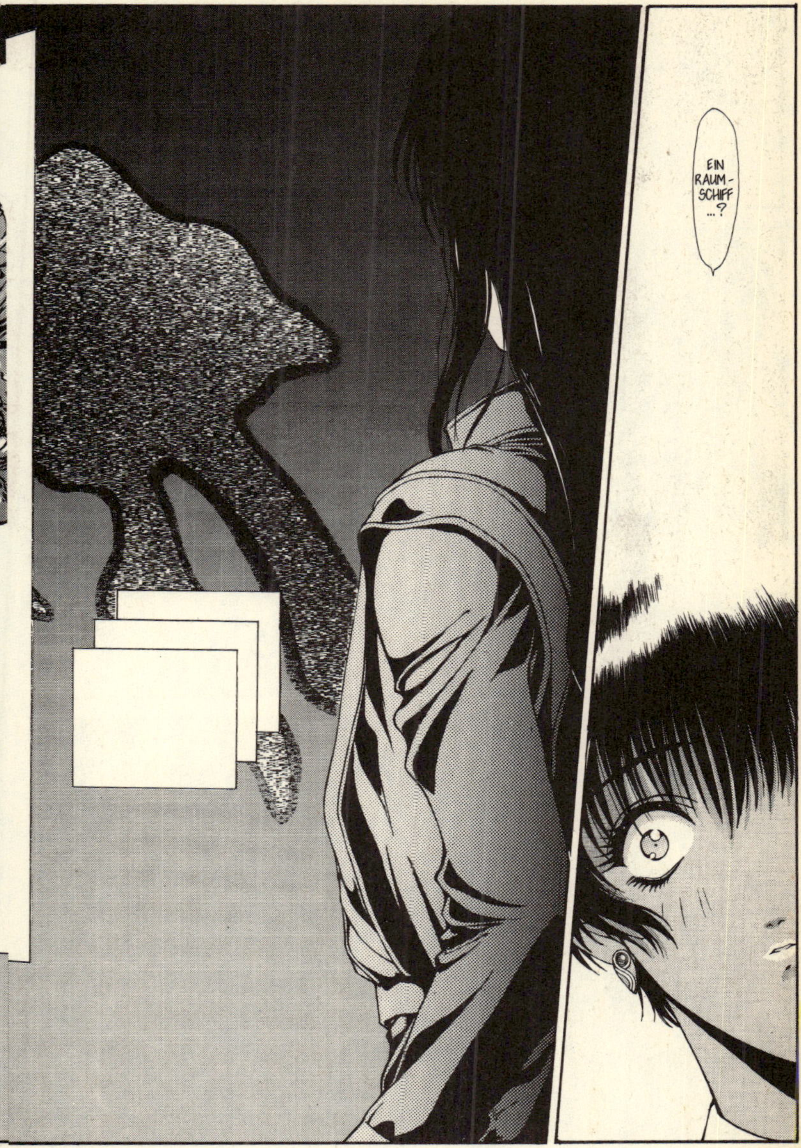
EIN RAUM-SCHIFF ...?

APEF ...
IST DIESES DING WIRKLICH SO EINE ART RAUM-SCHIFF ?
HMM –
HMM
ES SIEHT AUS, ALS... NUN... ALS WÜRDE ES LEBEN...!
EGAL WIE MONSTRÖS UND BIZARR ES AUSSIEHT ...
... ES IST EIN RAUMSCHIFF, DAS AUS EINER ANDEREN DIMENSION KOMMT.

WEITERHIN IST KLAR, DASS DIE EMBLEM-SEEDS PRODUKTE DER GLEICHEN TECHNOLOGIE SIND... EINE ART ENERGIEÜBERTRAGUNGSSYSTEM, WIE ES AUSSIEHT ...
FRR
IST DIR NICHT GUT, FARN ?
WIE ?
MIR ?
FHUT
ÄH... ALLES IN ORDNUNG ...!
OH ...?

OHHH ...
MMFF
HMM... DU FÜHLST DICH FIEBRIG AN.
NEIN, ICH ...
ICH FÜHLE MICH NUR ETWAS SCHWA-CH...
TODOM TODOM

RUH DICH AUS!
WIR WERDEN BESCHÄFTIGT SEIN, WENN DAS DRITTE EMBLEM-SEED VON DER ERDE ANKOMMT.
UN-GÜNS-TIG...
ODER AUCH NICHT.
POF
DANN PASS AUF! DAS IST EIN BILD DER ALIENS...
BUM

DAS IST EINE KATA...
APEP! HÖREN SIE!
STAP
STAP
STAP
SHTAM

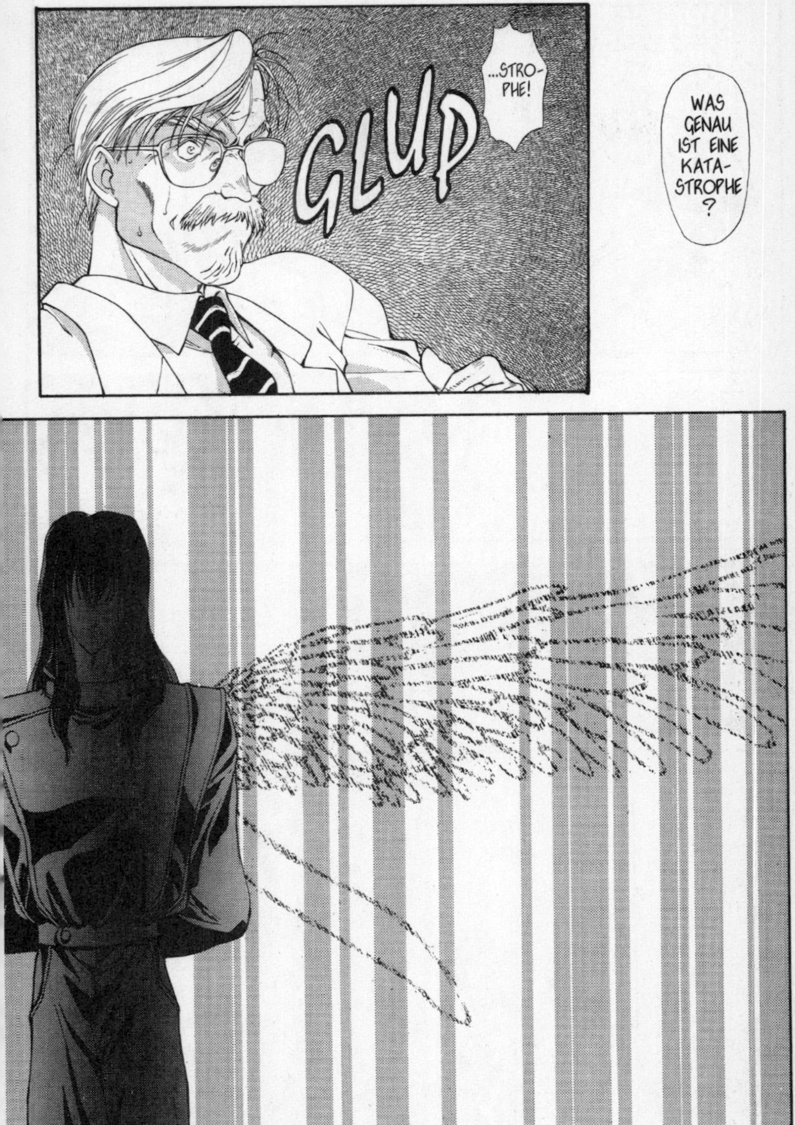
WAS GENAU IST EINE KATA-STROPHE?
...STRO-PHE!
GLUP

FARN, KÖNNTEN SIE UNS BITTE ALLEIN LASSEN ?
FUU
UNG
FUU
T'S
GEH DICH AUSRUHEN, FARN.
TAP
TAP
TAP

EIN UNTER-SUCHUNGS-BEAMTER DER UN IST AUF DEM WEG HIERHER!
SIE WOLLEN UNSERE FORSCHUNGEN UND UNSERE LABORS GENAUER UNTER DIE LUPE NEH-MEN!
UND? WAS MACHT DAS SCHON AUS?
SOBALD DAS LETZTE EMBLEM-SEED HIER IST, SIND UNSERE FORSCHUNGEN ABGESCHLOSSEN, PROFESSOR HENKEL.
WAS...?! NATÜRLICH MACHT ES ETWAS AUS!
WENN DIE UN UNSERE ILLEGALEN ARBEITEN HIER ENTDECKT ...
...SIND WIR ER-LEDIGT!

SIE... SIND DANN „ERLEDIGT", PROFESSOR HENKEL, ICH NICHT.
SO PATHETISCH?
WAS ...?
SIE WOLLEN MICH OPFERN ?!
SIE ELENDES SCHWEIN!
SPA SH
DER BEWEIS IHRER BE-TEILI-GUNG WIRD KLAR IN DEN COMPUTER-SPEICHERN ERKENNBAR SEIN.
DAS KÖNNEN SIE NICHT ...
KRU

ICH... AHRRG!
WENN ICH UNTERGEHE, DANN NEHME ICH SIE MIT! ICH WERDE GEGEN SIE AUSSAGEN ...
S-SIE ...
SIE... NARR!

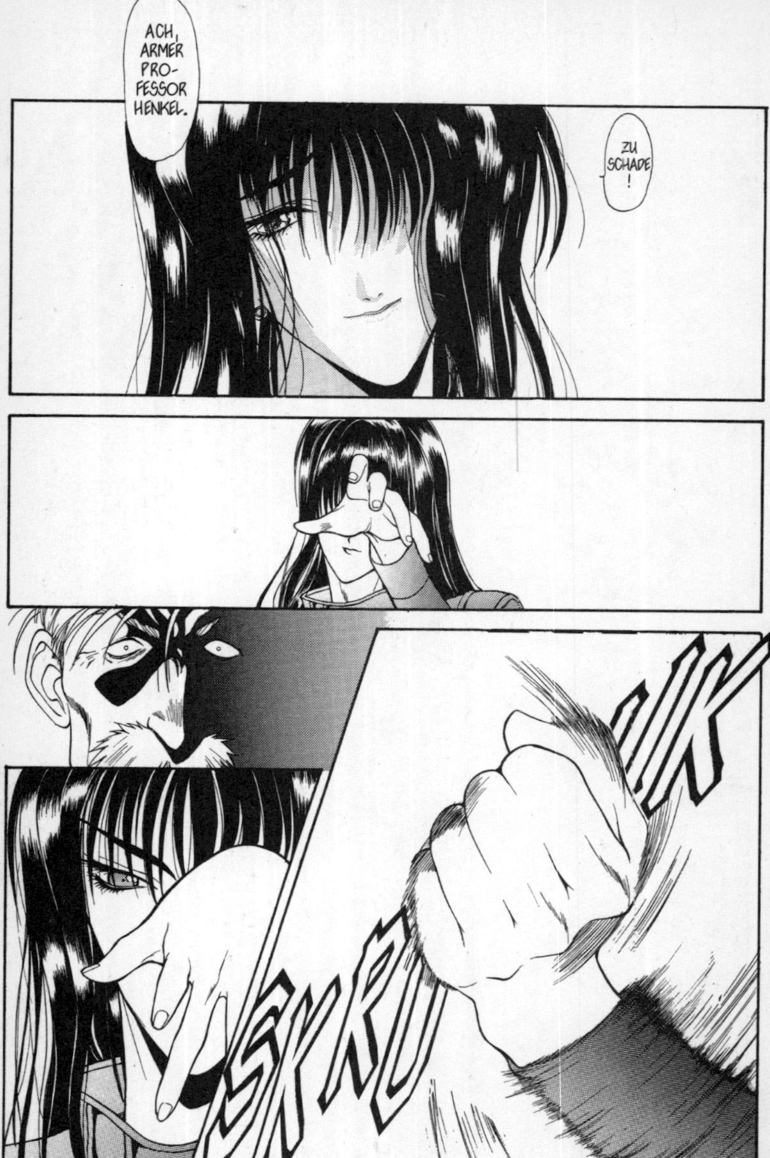
ACH, ARMER PROFESSOR HENKEL.
ZU SCHADE!

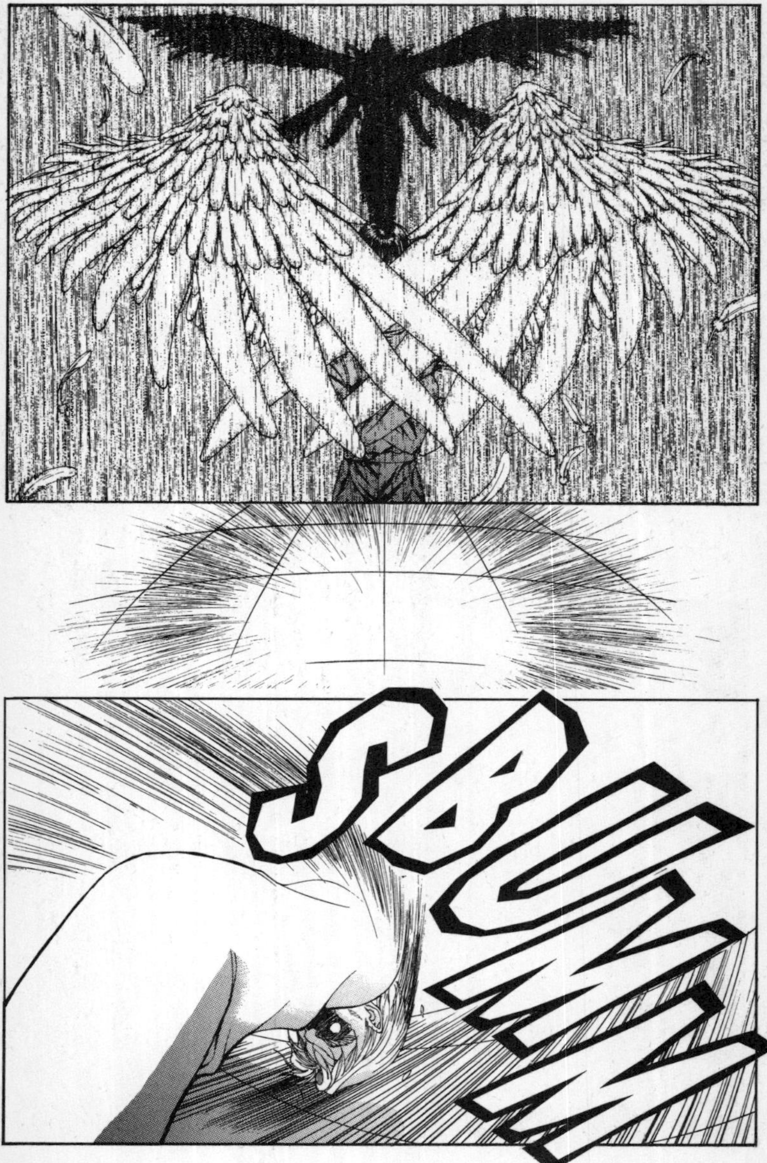
SBUMM

STOC
STOC
SFLAAH

FLATS
DIE MACHT DER ALIENS GEHÖRT MIR!
UND NIE-MAND STELLT SICH MIR IN DEN WEG ...

TLIK
TLIK
WHUU
FWHUM!

NUN ...
SIE SIND EINFACH NUR RAUMKRANK, FRÄULEIN M-ZAK.

AH, JA?

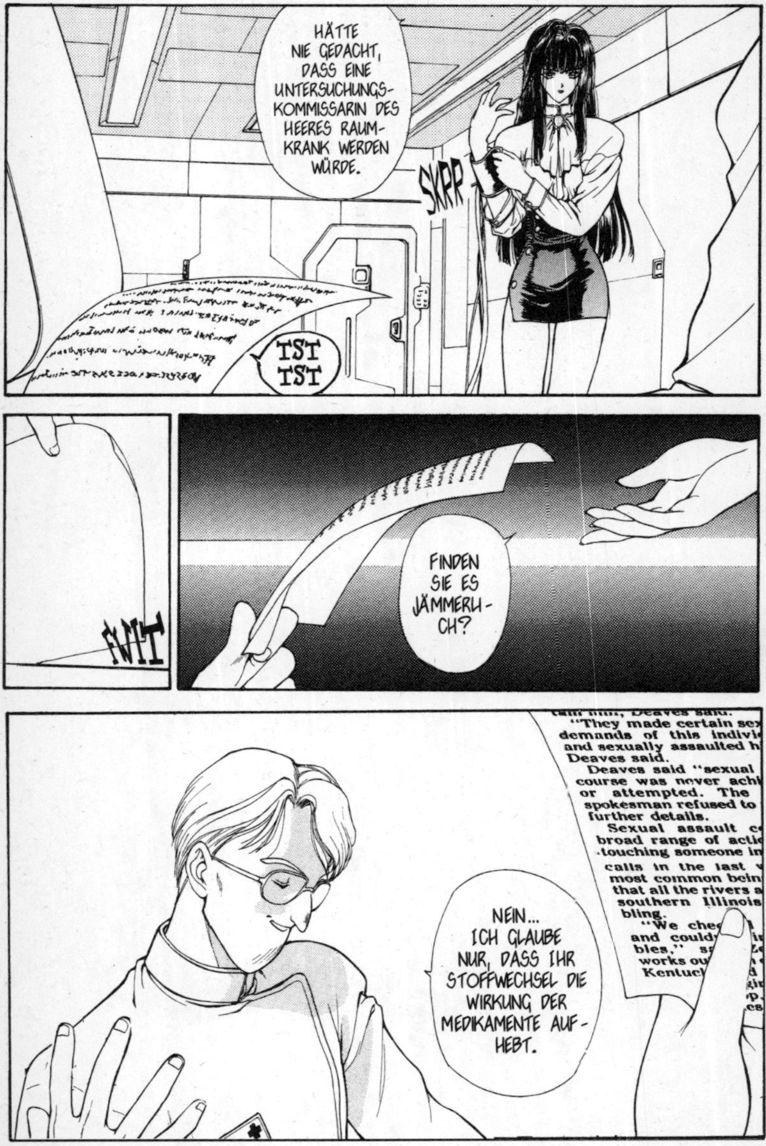
HÄTTE NIE GEDACHT, DASS EINE UNTERSUCHUNGS-KOMMISSARIN DES HEERES RAUM-KRANK WERDEN WÜRDE.
SKRR
TST TST
FWIT
FINDEN SIE ES JÄMMERLI-CH?
"They made certain sex
demands of this indivi
and sexually assaulted h
Deaves said.
Deaves said "sexual
course was never achi
or attempted. The
spokesman refused to
further details.
Sexual assault c
broad range of actio
touching someone in
calls in the last
most common bein
that all the rivers a
southern Illinois
bling.
NEIN... ICH GLAUBE NUR, DASS IHR STOFFWECHSEL DIE WIRKUNG DER MEDIKAMENTE AUF-HEBT.

OFFENBAR HAT DER VIRUS WEDER BEI KEI NOCH BEI MIR EINE KRANKHEIT AUSGELÖST.
JA. TUT MIR LEID FÜR DIESE UNTER-SUCHUNG.
ABER FRÄULEIN HEIDEMANN UND SIE HABEN EINE AUSSER-GEWÖHNLICHE PHYSIOLOGIE.
IN LETZTER ZEIT WEISEN VIELE TOURISTEN VON DER ERDE SYMPTOME DES...
KLAT
...TÖD-LICHEN VIRUS AUF.
POSH
UND JETZT WERDEN SIE ALLE DATEN, DIE MICH BETREFFEN, AUS IHREM COMPUTER LÖSCHEN.
WIE?

ES WÄRE MIR SEHR UNANGENEHM, WENN JEMAND MEINE MEDIZINISCHEN ANALYSEN EINSEHEN KÖNNTE.
... DAS ?
VER-STEHEN SIE ...

SIE WERDEN ALLE INFORMATIONEN, DIE SIE ÜBER MICH HABEN ...
sexually assaul
Drug abuse and strokes among young adults linked in study
AH!
TSIT
UNG
...VERNICHTEN.
FROW
kLOT
kLOT
kLOT
PSSHHH
PSSHHH

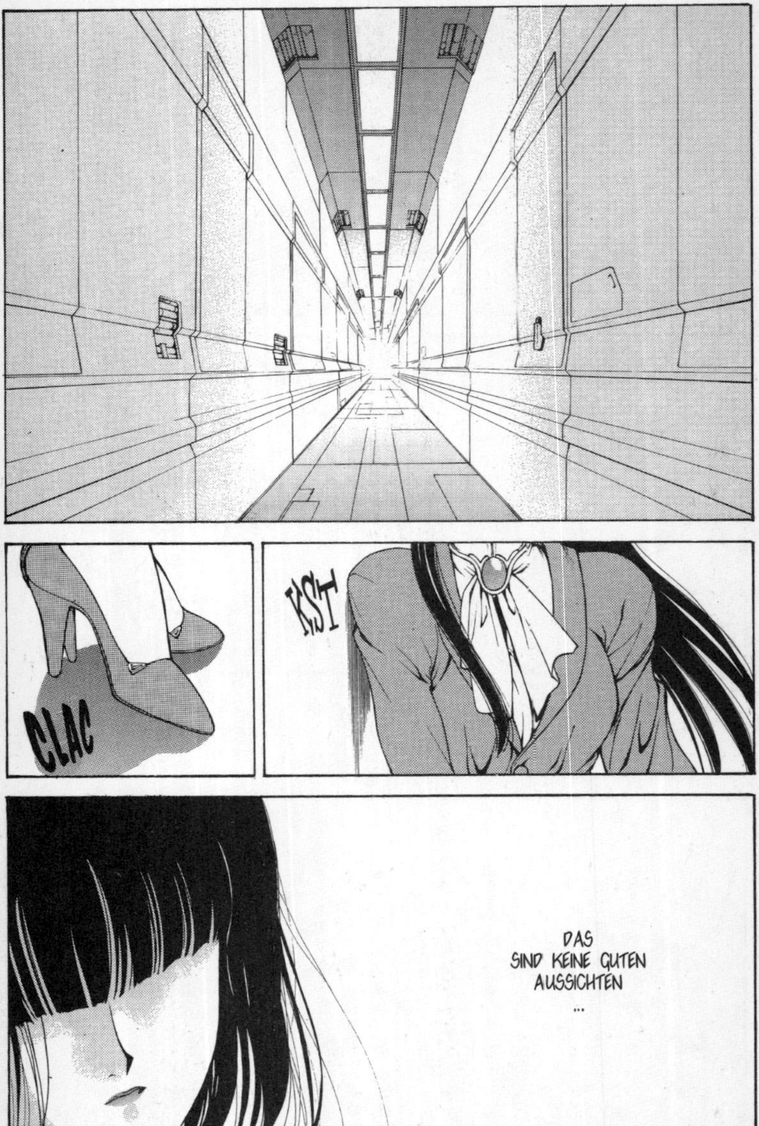
CLAC
KST
DAS SIND KEINE GUTEN AUSSICHTEN ...

ICH HABE ETWA NOCH FÜNF JAHRE ...
...ZU LEBEN.
Pff
FLSHAT
OH! FRÄULEIN M-ZAK! SEHEN SIE NUR! DER MOND!
cats

SCHAUEN SIE DOCH!
DER MOND KOMMT IMMER NÄHER.

SH FAT
JA, JA! ICH HABE IHN SCHON AUF DEM MONITOR GESEHEN! DU SOLLTEST JETZT ABER BESSER SCHLAFEN GEHEN, DENN SONST WIRD DIE LEICHTERE SCHWERKRAFT DES MONDES DICH ERMÜDEN, KEI!
SIE HABEN SCHLECHTE LAUNE, FRÄULEIN M-ZAK.
NEIN, ICH HAB SIE NICHT MEHR !!
LEIDEN SIE IMMER NOCH UNTER DER RAUMKRANK-HEIT?
PSHUT

ÄH... ABER, ALSO...
NA JA, KRANKHEITEN HABEN ABER AUCH WAS GUTES... WIR HABEN DOCH NUR DESHALB DIESE EINZELKABINE BEKOMMEN, ODER?
EH EHE
WIRK-LICH?
WER IST DENN IN TRÄNEN AUSGEBROCHEN, ALS DIE QUARANTÄNE-BEAMTEN UNS AUS DER SAMMELKABINE HOLTEN?
ACH... NA JA...
JEDENFALLS BIN ICH FROH, DASS WIR DURCH DEN VIRUS NICHT ERKRANKT SIND.

SUT
WAS ANSTE-CKUNGEN BETRIFFT, SIND RAUM-FAHRER FAST SCHON PARANOID.
SAGEN SIE!
FRÄULEIN M-ZAK, HABEN SIE DURST?
PI
KLAN
ALSO ICH HAB HUNGER.
ICH WERDE ETWAS KUCHEN ESSEN!
WAS?
SCHON WIE-DER?
UND DEINE DIÄT?
HI
ACH, ICH FANGE MORGEN AN ...
MORGEN... HEHE.

GIB AUF DEN KÜHL-SCHRANK ACHT!
UND ...
JEDENFALLS MAG ICH KEINEN INDUSTRIELLEN KUCHEN.
DAS HAST DU GESTERN SCHON GESAGT!
FLIT
... KÜHL-SCHRANK... DIE TÜR SCHLIESST NICHT MEHR ...
ACH ... ÜBRI-GENS ...
WAS? GANZ SCHÖN HOCHMÜTIG! ICH KANN NICHT BAC-KEN.
WIE OFT SCHON?
DU HAST IHN WIEDER BE-SCHÄ-DIGT?
BE-SON-DERS MIT ELEK-TRI-SCHEN GERÄTEN.
TUT MIR LEID. JE NÄHER WIR DEM MOND KOMMEN, DESTO SCHLIMMER WIRD'S.

...BACKE ICH DIR EINEN KUCHEN!
HUM HUM
AUF DEM MOND... WENN ICH DIE ZEIT HABE ...
HMM
HE! VOR-SICHT!
DANN STELLE ICH SIE AUCH MEINEM ÄLTEREN BRUDER VOR...
ECHT ?
AH?
cats

TUT MIR LEID ...
DER KÜHL-SCHRANK ...
...ETWAS KLEBE-BAND WIRD'S SCHON TUN.
ACH ...

2. Akt

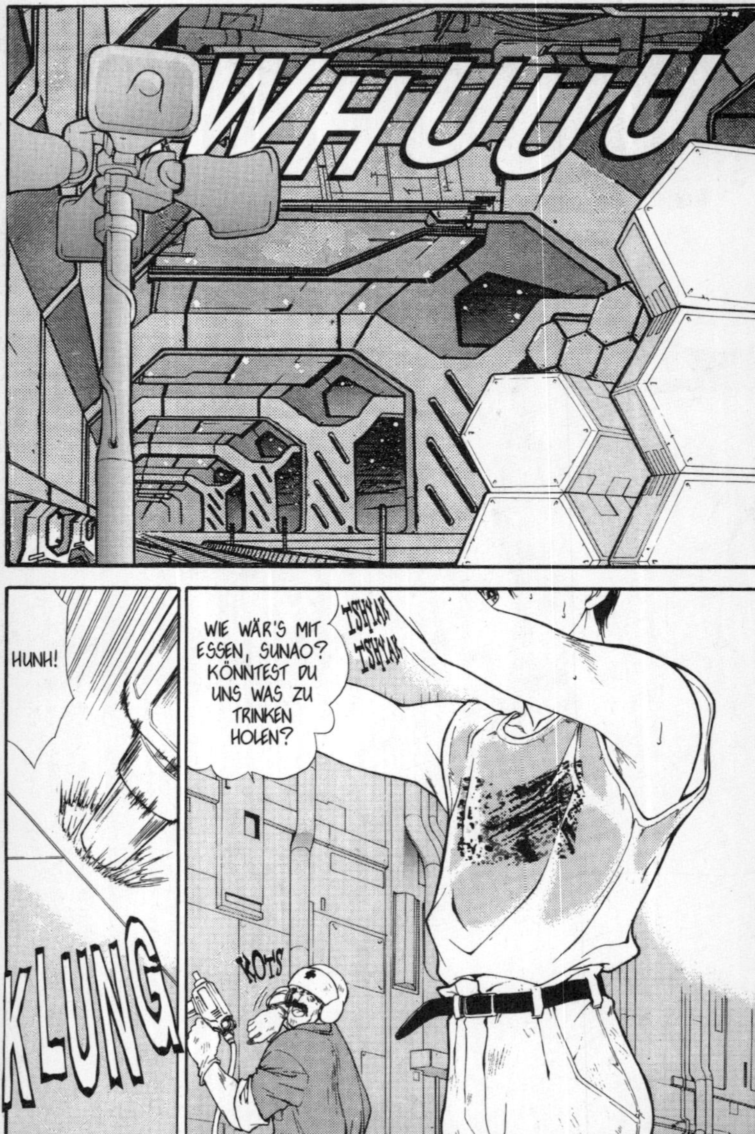
WHUUUU
WIE WÄR'S MIT ESSEN, SUNAO? KÖNNTEST DU UNS WAS ZU TRINKEN HOLEN?
HUNH!
KLUNG

ABER HEUTE NACHMITTAG MUSS ICH WIE-DER ALS FÜHRER RAN ...
KLAR ...
PSAT PSAT
WIE ? ACH... STIMMT JA ...
EGAL. HIER, NIMM'S EBEN FÜR UNTERWEGS MIT.
ZU BLÖD. ICH HAB DANN ZU VIEL ZU ESSEN DABEI.

CIAO.
BIS SPÄTER, KLEINER!
DANKE. KOMMT MIR GERADE RECHT.
TLUIIIN
CLIC

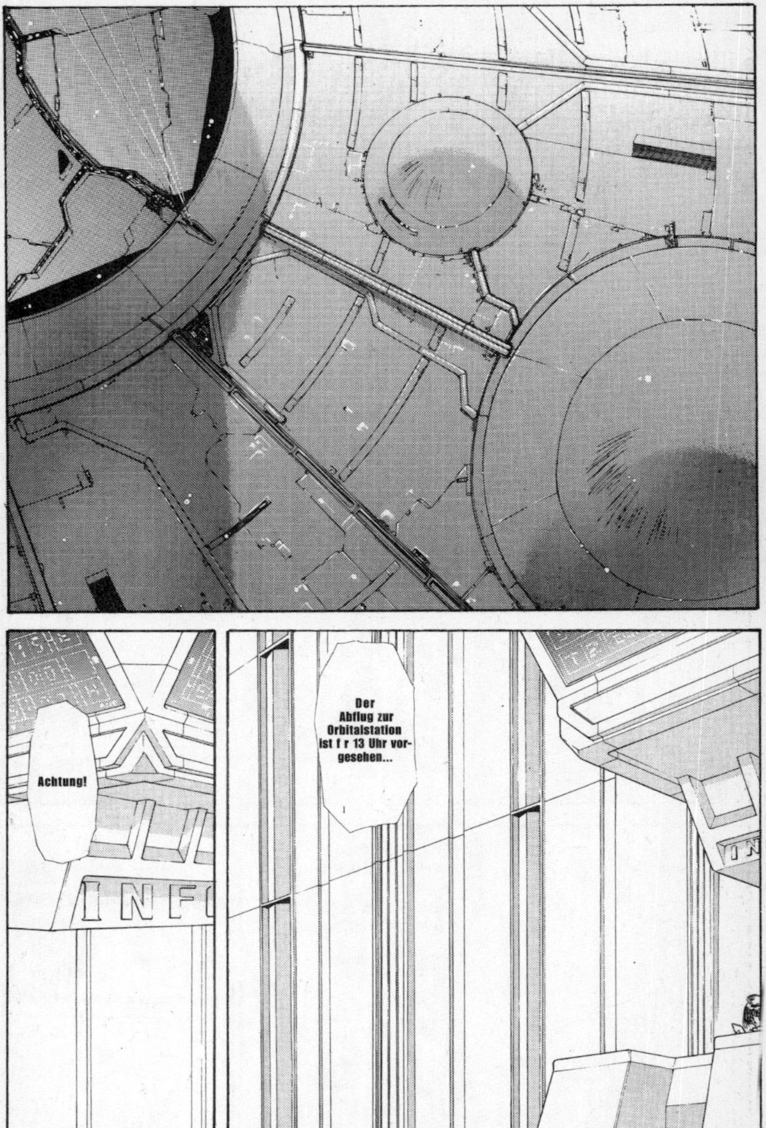
Achtung!
Der Abflug zur Orbitalstation ist f r 13 Uhr vorgesehen...

DOKTOR HEIDEMANN ERWARTET IHREN ANRUF. BITTE GEDULDEN SIE SICH EINEN MOMENT.
TAP

HALLO, PAPA? WIR SIND HIER SICHER ANGE-KOMMEN.
ICH RUFE VOM RAUMHAFEN AUS AN. JA, FRÄULEIN M-ZAK, DIE UNTER-SUCHUNGSBEAMTIN, IST BEI MIR ...
GUT. ICH BIN GESTERN SCHON ANGEKOMMEN UND HABE NOCH VIEL ZU TUN.
ICH MÖCHTE, DASS DU ZUM GEBÄUDE DER **UN** KOMMST. WIR TREFFEN UNS DORT AM FRÜHEN ABEND, OKAY?
HEUTE ABEND ... OKAY ...
DEINE STIMME KLINGT SO SELT-SAM, PAPA ...
STA-TISCHE GERÄU-SCHE?
ICH HÖRE DICH LAUT UND KLAR.
IST DAS EMBLEM-SEED IN SICHER-HEIT?

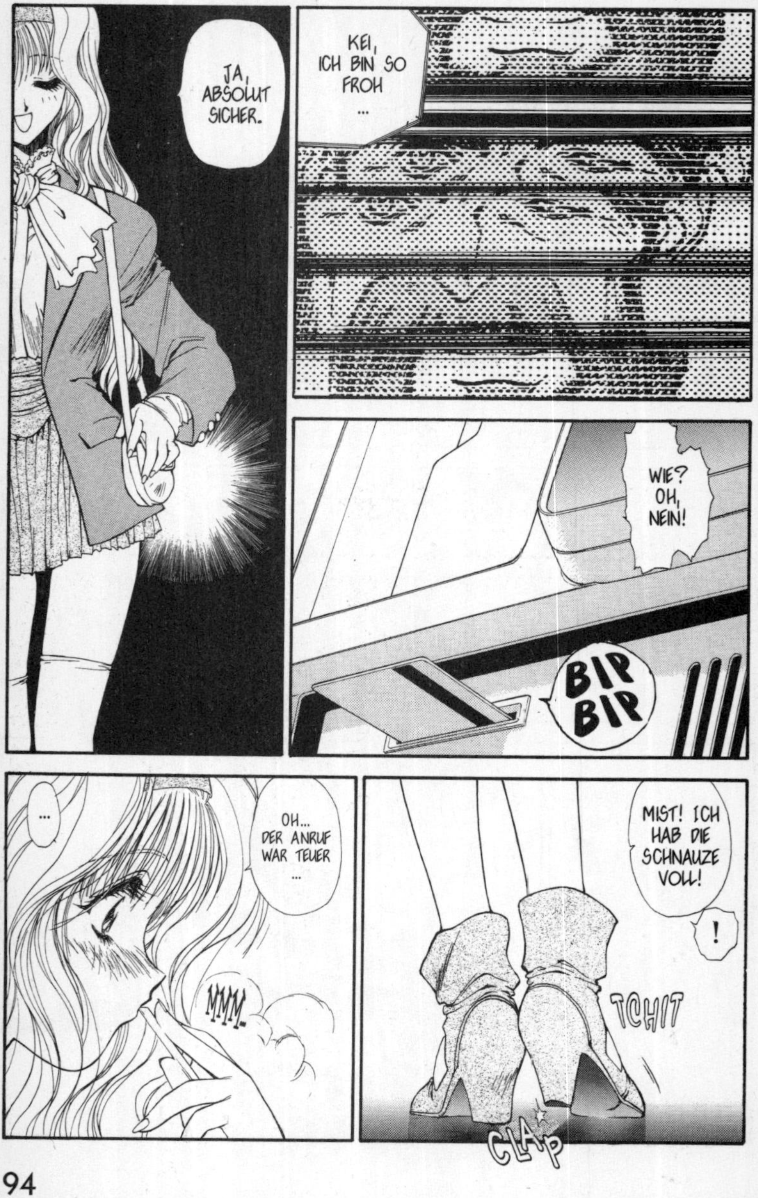
KEI, ICH BIN SO FROH ...
JA, ABSOLUT SICHER.
WIE? OH, NEIN!
BIP BIP
MIST! ICH HAB DIE SCHNAUZE VOLL!
!
TCHIT
CLAP
OH... DER ANRUF WAR TEUER ...
...
MMM..

BRIEP
OH, DER JUNGE NEBEN MIR SCHEINT AUCH PROBLEME ZU HABEN...
ICH WEISS, DASS MAN DAS NICHT TUT, ABER ...
NUR EIN KURZER BLICK!
HOP
SWAT

FLISH
ABER …
WARUM …
WARUM SIEHT ER MICH SO AN…?
SO ALS …
TSUK
WAS ?

DU SIEHST AUS WIE KEI!
ABER... WOHER KENNEN SIE MEINEN NAMEN?
KUIT
STIK

WIE
?
RUNTER
!!!
KSHIN
KSH
FTHAM

KRASH

FTHO HOOM
KTUN
SBWO
KTUN

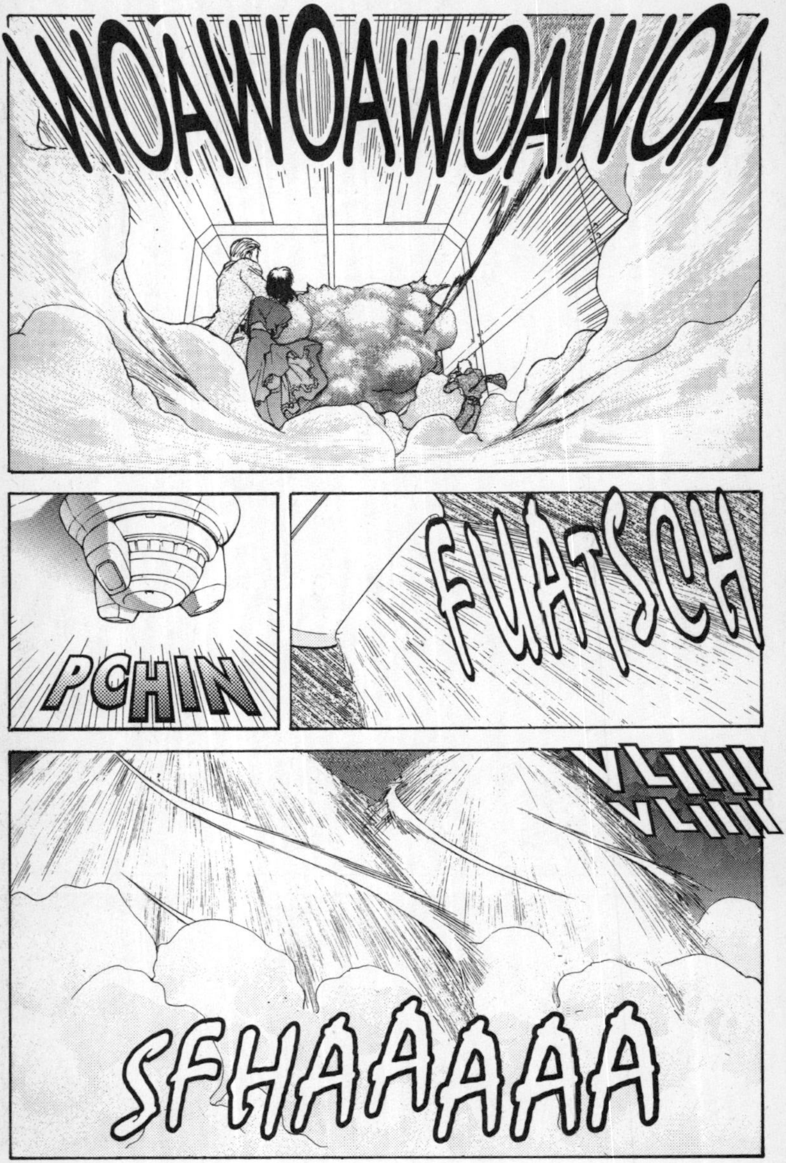
WOAWOAWOAWOA
FUATSCH
PCHIN
VLIIII
VLIIII
SFHAAAAAA

SFHAAAAA
NEIN, DAS IST DAS GERÄUSCH VON TROPFENDEM BLUT...
REGEN ...?
DIESER GERUCH ...?
DAS ERINNERT MICH ...
UNG?
AH...? WAS IST DAS...?
JA, UND DIESES „TODOM, TODOM" SIND HERZSCHLÄGE.

NNNGG?
MMMM
MM
UFF
ALLES OKAY?
NATIONA-LISTISCHE TERRO-RISTEN ...
DIE BOMBE IST DIREKT VOR UNS EXPLO-DIERT ...
ÄH...
WIR HAT-TEN GLÜCK.
HGN

ÄH... KÖNNTEN SIE MICH BITTE LOSLASSEN ?!
FTU
UND IHRE HAND WEG-NEHMEN ?!
AHRG!
TUT... TUT MIR LEID.
ICH WOLLTE SIE NICHT AN DER BRUST ANFAS-SEN...
?!
EUH
FTU
HATS

SCHAUM, UM DAS FEUER ZU LÖSCHEN ...
CLAC CLAC
OH, NEIN... ICH FÜHLE MICH ...
MEIN HERZ SCHLÄGT WIE WILD. UND WARUM IST MIR SO HEISS?
SIE ...!

WIE
JA... JA!
hats
WAREN SIE DAS?
NEIN ...

NEIN, ICH WAR DAS NICHT! ICH HABE DAS TELEFON NICHT KAPUTT GEMACHT!
NICHT DAS TELEFON ...
FLL
FLL
IST JA GUT.
HMM?
TSHIK
TSUK
HUP
TOK

AAH! MEINE KARTE ?!
OH, NEIN! DIE ERNEUERUNG DER KARTE IST VERFLUCHT TEUER...
GIBT'S WIEDER NICHTS ZU ESSEN ...
NEIIN! MEIN BENTO!
ALLES WEG ...
PECH. ABER DAS LEBEN EINES MÄDCHENS IST WICHTIGER.

WENN DIE POLIZEI HIER AUFTAUCHT, KÖNNTE ICH PROBLEME BEKOMMEN. GEHT'S WIEDER? KANN ICH VERSCHWINDEN?
KEI!
KEI! WO BIST DU?
KEI?
BYE!

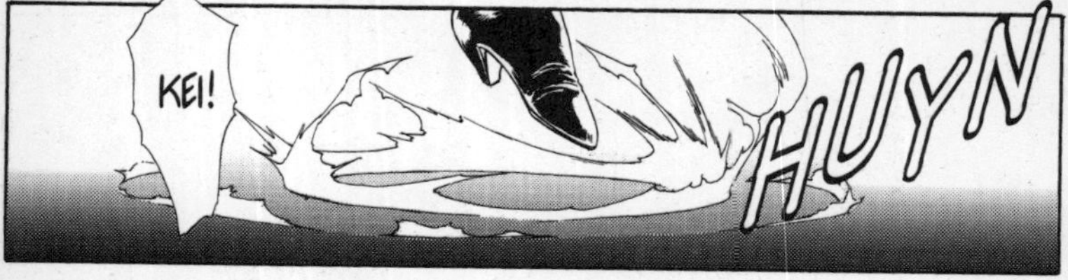
KEI!
HUYN

KEI! IST ALLES IN ORDNUNG ?!
TERRORISTEN? AUF DEM MOND ALSO AUCH ...
KEI ...?
KEI ?!
MFFF
PSHAT PSHAT
FFF

ICH GLAUBE, DAS WAR LIEBE AUF DEN ERSTEN BLICK.
FRÄULEIN M-ZAK... ICH BIN ...
WER ...?
MIR IST SO ENG UMS HERZ ...
DER JUNGE MANN ...
WIE ?

KEI... DA ...
DEINE TASCHE IST GANZ ROT.
WIE ?
DAS EMBLEM ...
SEED ?
DAS HAT DICH GERETTET ...
DAS EMBLEMSEED ...
...HAT NOCH NIE SO GELEUCHTET. DAS IST ...
...DAS ERSTE MAL.

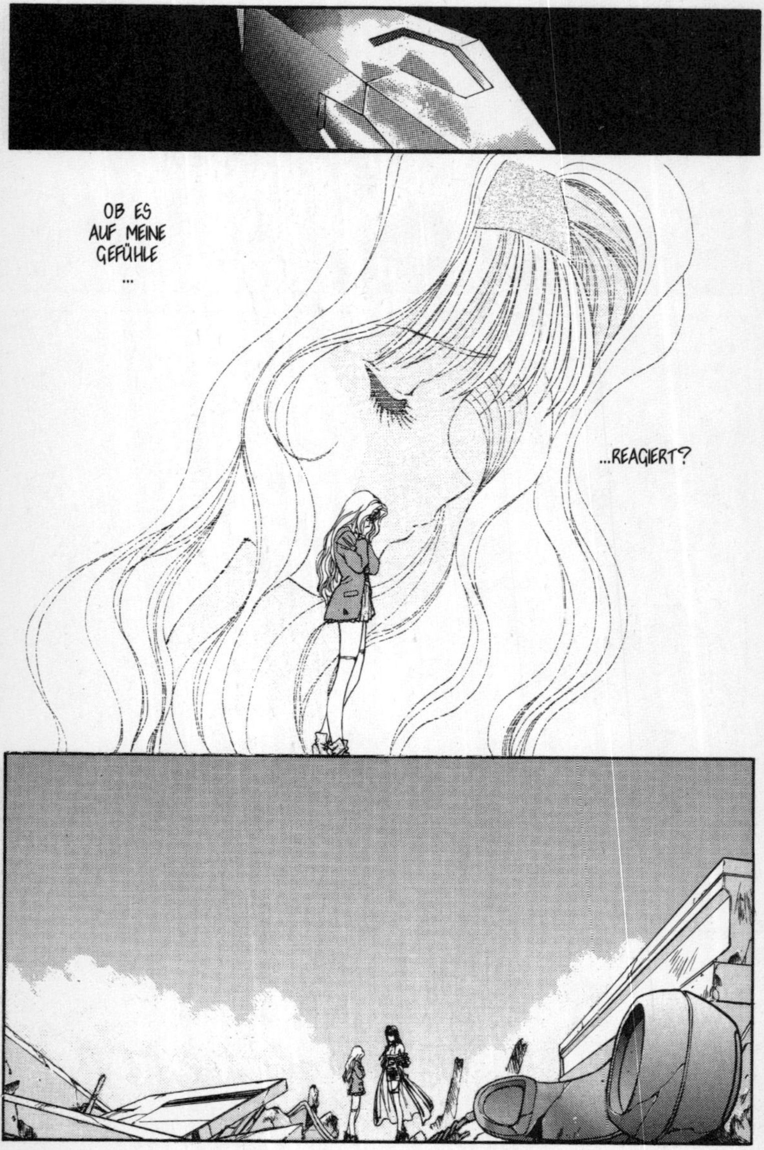
OB ES
AUF MEINE
GEFÜHLE
...
...REAGIERT?

3. Akt

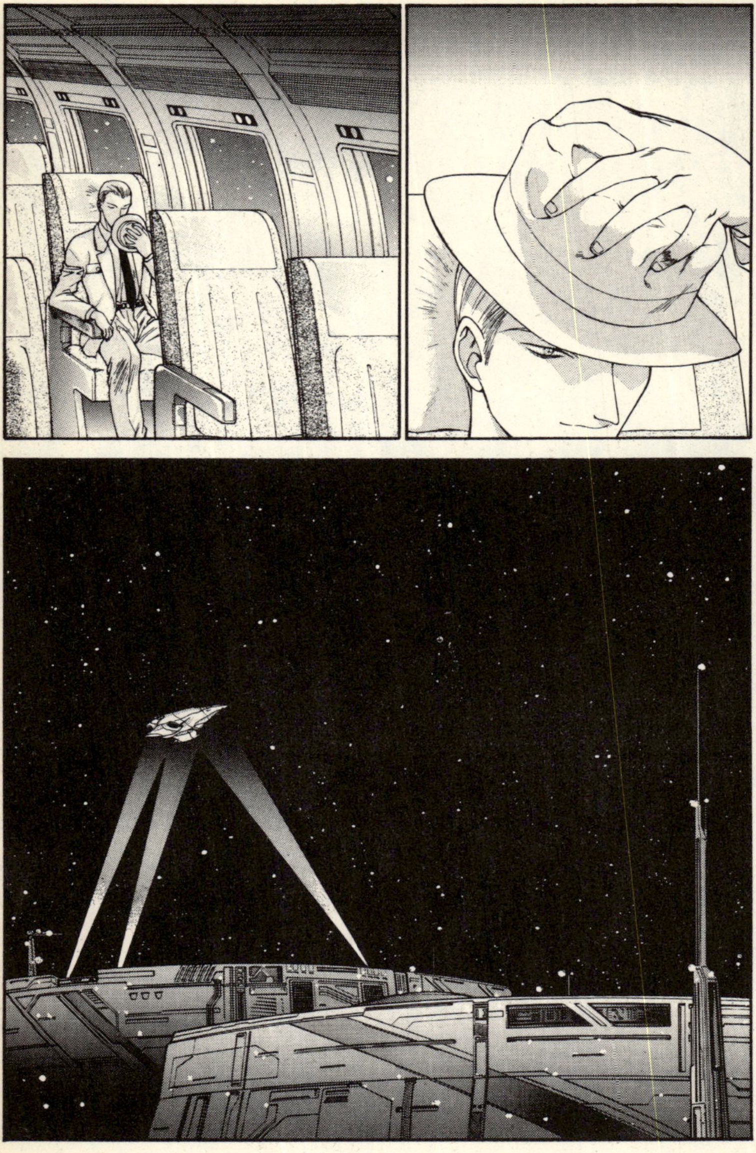

MIP
WUUUM

MMFF
...

SCHAUEN SIE. MAN GEWINNT DEN EINDRUCK, MAN WÜRDE DIE ERDE IN DEN HÄNDEN HALTEN!
EIN UNHEIM-LICHER ORT.

SIND SIE DAS, APEP HEIDEMANN ?

ICH BIN LYX HAYWARD, SICHERHEITS-CHEF VON DIESKARTS.
ER IST JUNG ...
ICH BIN APEP HEIDEMANN, DER INTERIMS-CHEF.
AN-GE-NEHM.
ES HEISST DER PROFESSOR WÄRE TOT ...?

ER IST NICHT TOT. ER HATTE NUR EINEN ANFALL.
WER HAT DAS ERZÄHLT?
ABER SOWEIT ICH WEISS, LIEGT ER IMMER NOCH IM KOMA ...
DA DER PROFESSOR ...
...AUSFÄLLT ...
HMM ...
ICH WILL OFFEN SEIN. WIE WEIT SIND SIE MIT IHREN FORSCHUNGEN?
SOBALD DIE EMBLEM-SEEDS HIER SIND, WERDEN WIR FERTIG SEIN.

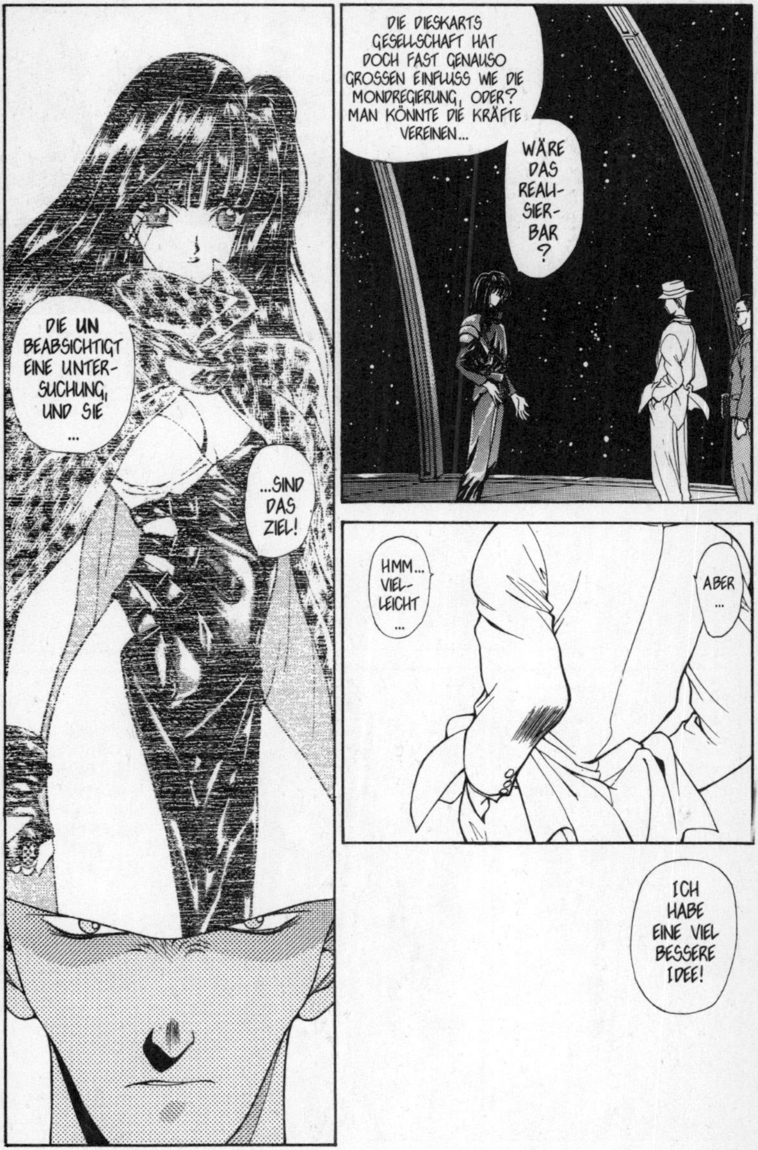
DIE DIESKARTS GESELLSCHAFT HAT DOCH FAST GENAUSO GROSSEN EINFLUSS WIE DIE MONDREGIERUNG, ODER? MAN KÖNNTE DIE KRÄFTE VEREINEN...
WÄRE DAS REALI-SIER-BAR?
ABER ...
HMM... VIEL-LEICHT ...
ICH HABE EINE VIEL BESSERE IDEE!
DIE UN BEABSICHTIGT EINE UNTER-SUCHUNG, UND SIE ...
...SIND DAS ZIEL!

SIE WERDEN HIER STER-BEN!!
SIE WOLLEN ALLE BEWEISE VER-NICHTEN? WIE DER PROFESSOR FÜRCHTEN SIE WOHL AUCH DIE UNTERSUCHUNG, ODER?

THATHATH
SUIT
PASSEN SIE AUF!
hmf hmf
ABER WIE ...?!
WAS ...

WAS WÜRDEN SIE TUN, WENN DIE SCHEIBEN ZER-BRECHEN ?
TAM
HISH
PIT PIT
AHR! HEISS!

GLANK
WOOT
GRIM
KSUINN

TSUIIIIN
KSHIIN
?!
Nihihi

Jetzt sind Sie kaputt ...
?!
WATS
BLING

TWOOOF

KLATS
HCHR
HCHR
PAH
PAH
GRUI

LEIDEN SIE ?!
HCHR HCHR
NNG
HUARG
GWK
MMM
WURR
!

MEINE FORSCHUNGEN LAS-SEN MIR KEINE ZEIT FÜR DIE PHYSISCHEN AUFGABEN.
ICH BRAUCHE LEUTE, DIE MIR HELFEN.

SIE SIND MÄNNER DER TAT. NUN...
KLATS
KATSLANG
BWEE
BWEE
SIND WIR UNS EINIG?
PLIT
PAT
CRU
BWAH
TUIM
TUIM

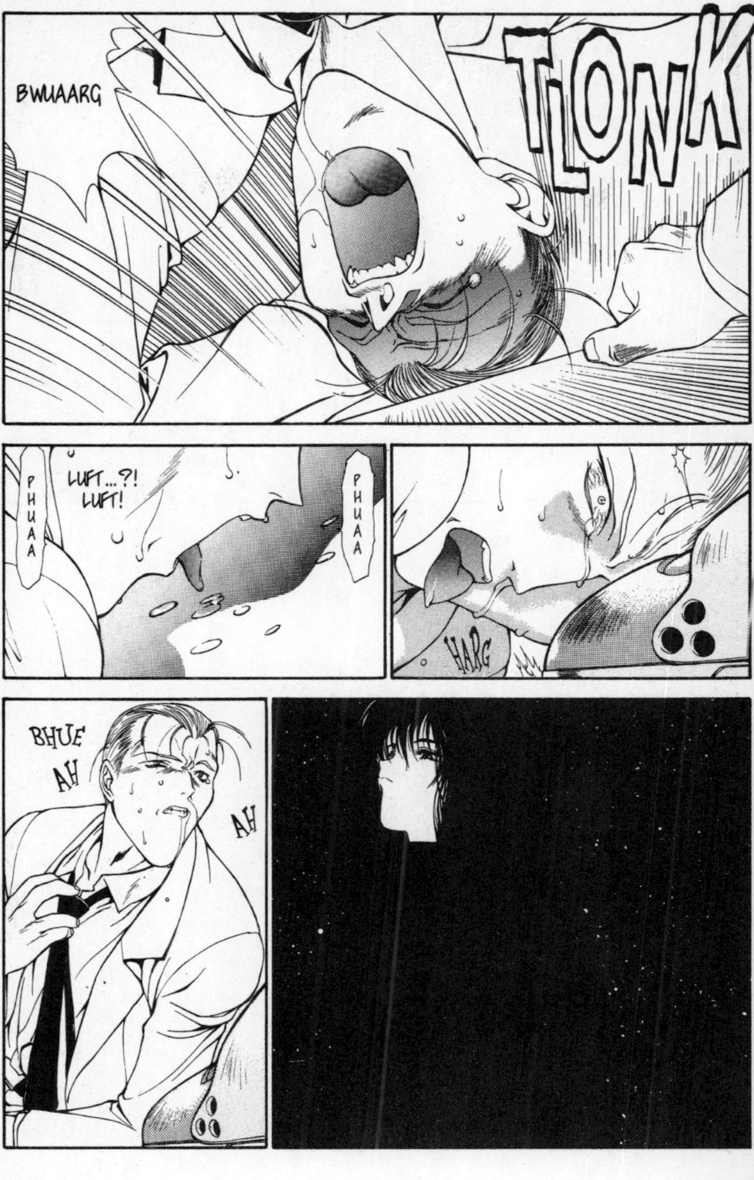
TLONK
BWUAARG
HARG
PHUAA
LUFT...?! LUFT!
PHUAA
AH
BHUE
AH

DIE DIESKARTS GESELLSCHAFT MÖCHTE GERNE DIE AUSSER-IRDISCHE TECHNOLOGIE KONTROL-LIE-REN.
WENN SIE MIR DAS EMBLEM-SEED BRINGEN ...
...ENT-WICKLE ICH SIE...
...NOCH WEITER... UND ...
...ICH GEBE SIE IHNEN.

ICH HABE
EINFLUSS...
NR.4.
PFFF
...

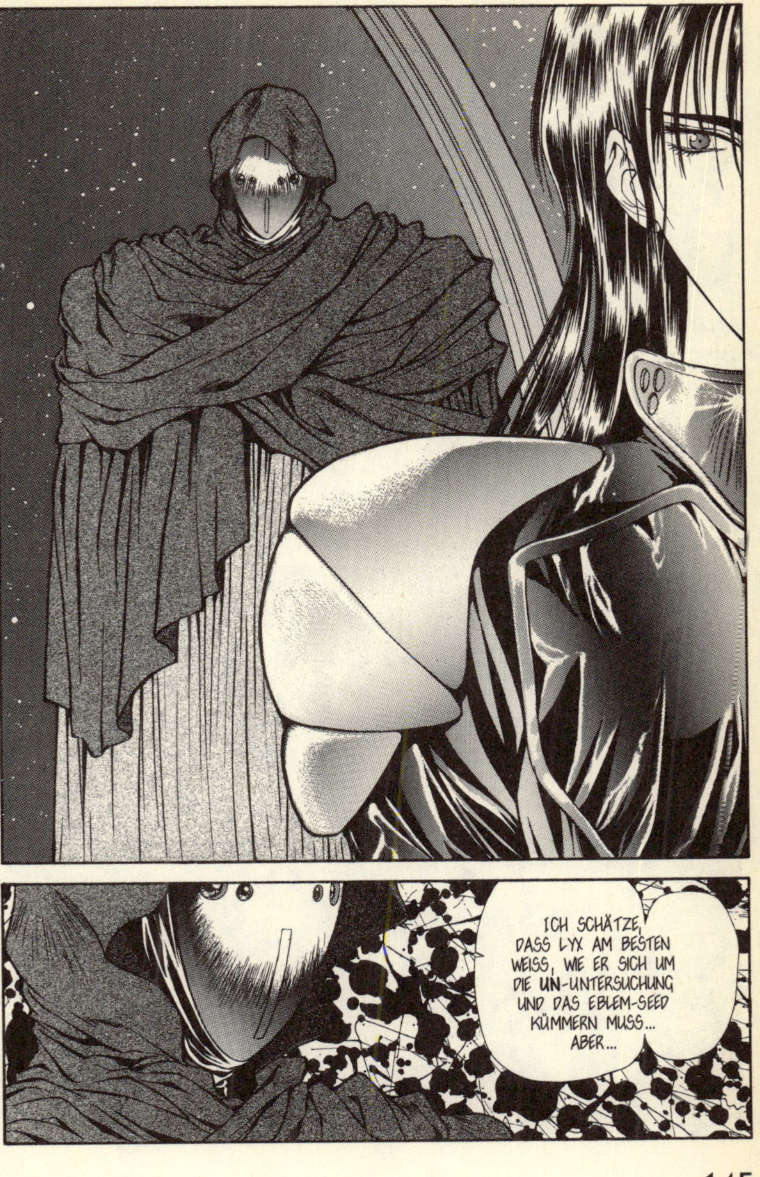
ICH SCHÄTZE, DASS LYX AM BESTEN WEISS, WIE ER SICH UM DIE **UN**-UNTERSUCHUNG UND DAS EBLEM-SEED KÜMMERN MUSS... ABER...

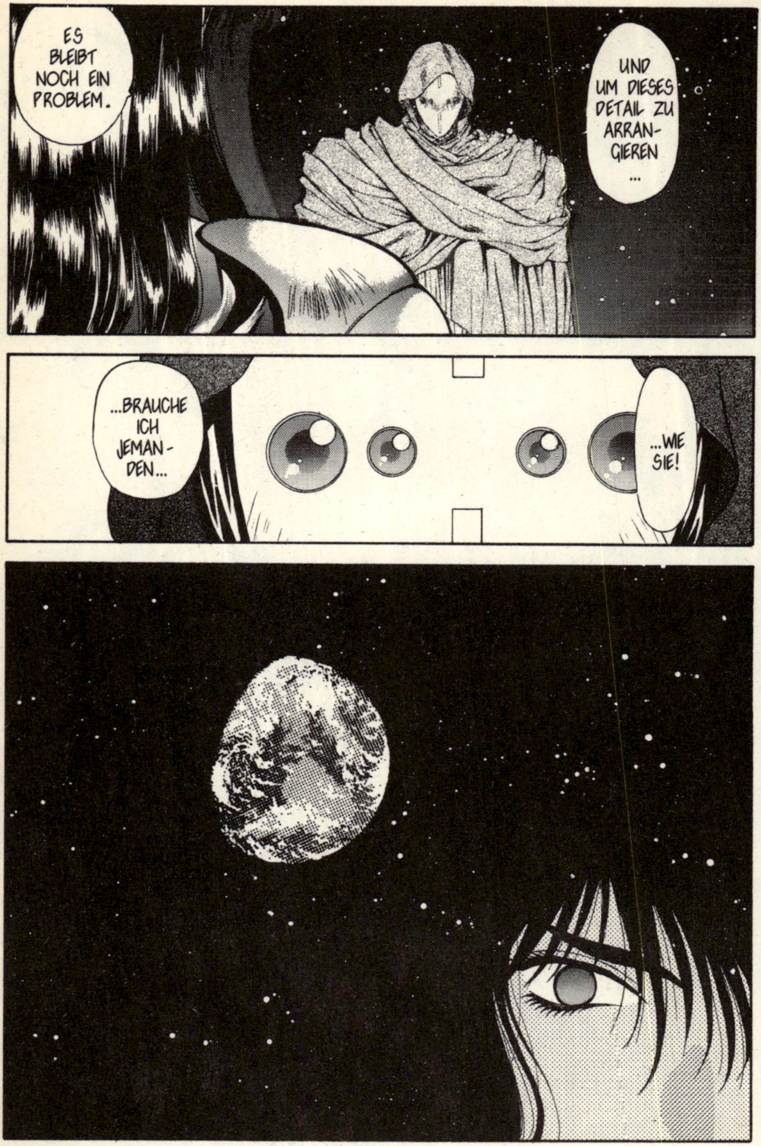
UND UM DIESES DETAIL ZU ARRANGIEREN ...
ES BLEIBT NOCH EIN PROBLEM.
...WIE SIE!
...BRAUCHE ICH JEMANDEN...

4. Akt

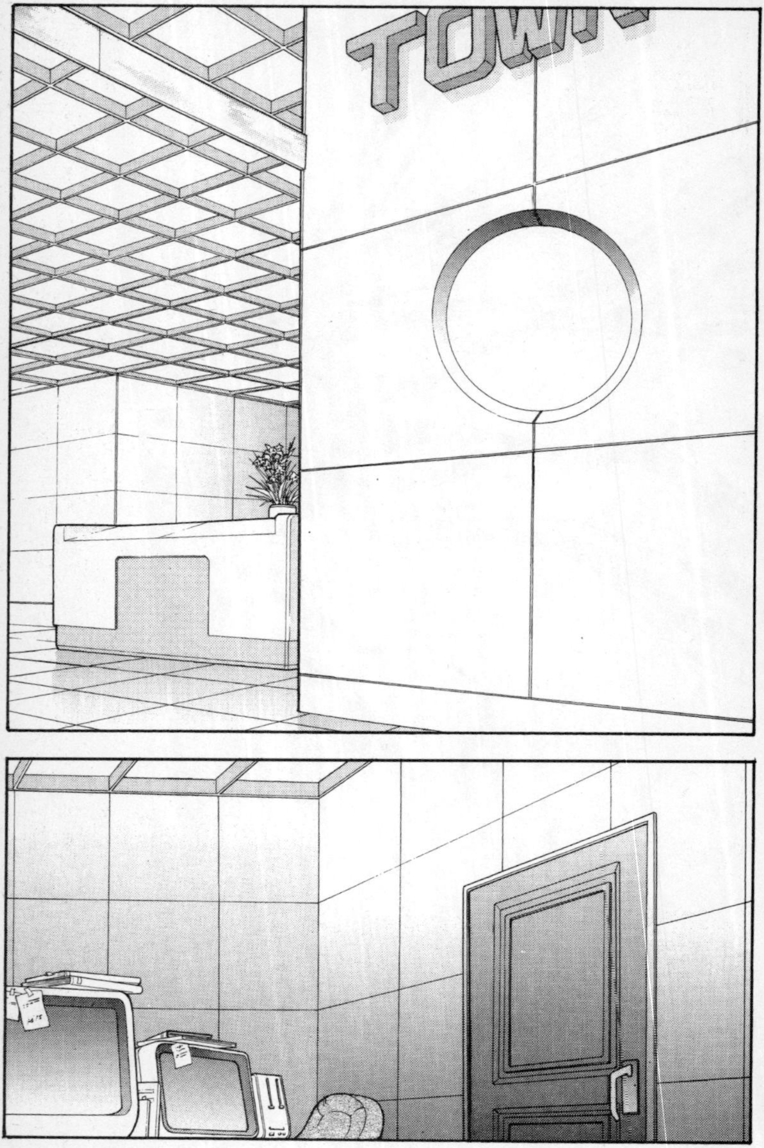
TOW

HAST DU ALLES VERSTANDEN, MEIN KLEINER SUNAO?
Die Dieskarts Gesellschaft pr sentiert ihnen diese Sendung in Zusammen-arbeit mit
UND JETZT SOLLTEST DU UNBEDINGT GEHEN.
UN-SER KUN-DE ?
HMMm ...

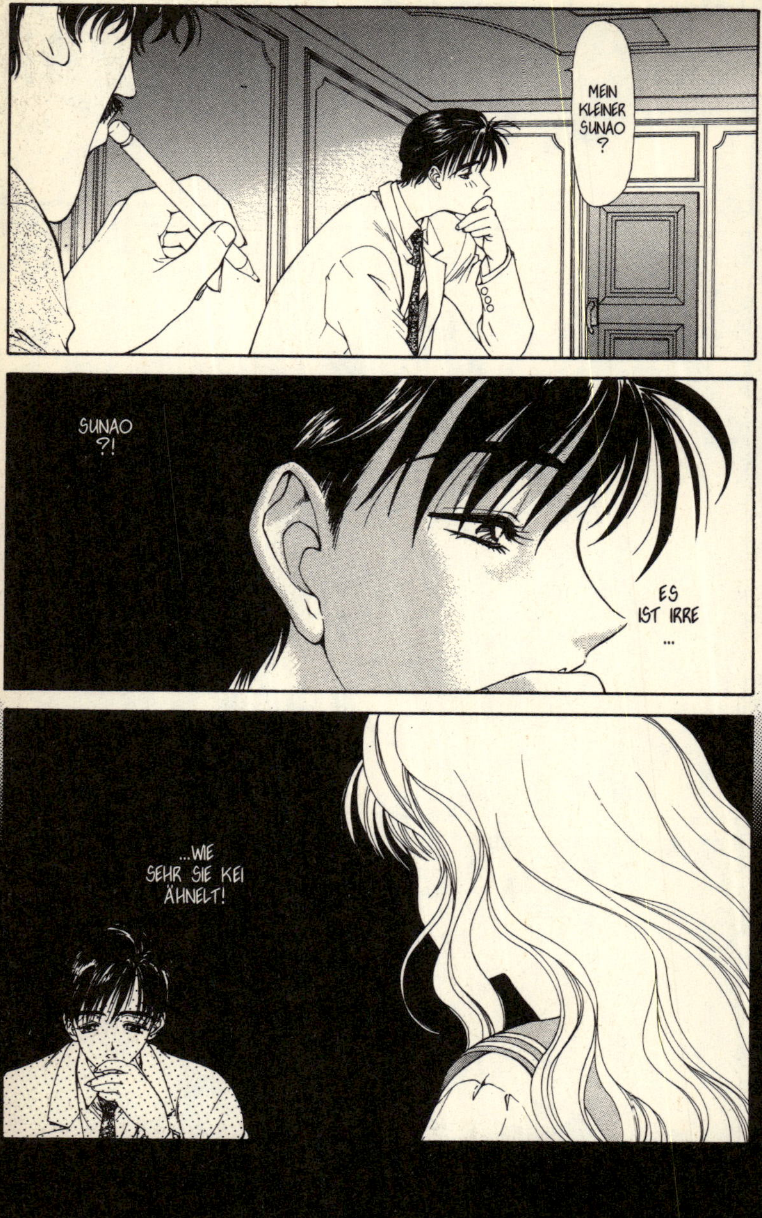
MEIN KLEINER SUNAO ?
SUNAO ?!
ES IST IRRE ...
...WIE SEHR SIE KEI ÄHNELT!

SUNAO...!

...
...SIE WÄRE NICHT MEHR SO KINDLICH ...
...WIE DIESES MÄDCHEN!
JA, ABER ...
HIHI!

TSI
CHRIT CHRIT
RRAAAAAH
DAUERND MUSS ICH AN SIE DENKEN. ICH HÄTTE SIE NACH IHRER ADRESSE FRAGEN SOLLEN!
HU-HUU!
ÄH ...
JA! WAS... WAS GIBT'S?
PLUNG
SUNAO! VERDAMMT!

DU HÖRST MIR NICHT ZU! ALSO, ICH HABE DIR ERZÄHLT, DASS DER HAUPTFÜHRER BEI DER EXPLOSION AM RAUMHAFEN VERLETZT WURDE.
UND DESHALB MUSS ICH DICH FRAGEN ...
...OB DU DICH UM SEINE KUNDEN KÜMMERN KÖNN-TEST.
FTAP
FTAP
ICH? GANZ ALLEIN ...?
DAS KLAPPT SCHON! IST HEUTE NUR EIN BISSCHEN SIGHTSEEING!
TRAP
HIER, NIMM DAS MIT!

UND WO SIND SIE?
POUF
DAS IST DAS SELTSAME. SIE SIND BEI DER POLIZEI AM RAUMHAFEN.
WIE? BEI DER POLIZEI?
ERSCHRECKEND! ES WERDEN DOCH KEINE KRIMINELLEN SEIN?
Und hier eine letzte Meldung –
Die Vereinigung der Nordpazifischen Staaten hat erkl rt, dass die Aff re um...
den Abgeordneten Mogami Sadamitsu in einem Monat verhandelt wird. Er ist der Revolution gegen den Staat angeklagt...

FHA
THAM
SHLIP
IIIH
KTSAN
SHLIP
Auf der Erde bef rchtet man eine Versch rfung der Protestbewegungen in dieser Angelegenheit.
An der B rse kam es deswegen zu Kurs-schwankungen –

WARUM ...?
DRR DRR
ICH WILL MEIN TICKET ZUR ERDE! WANN BEKOMME ICH ES?!
ICH ...
CHEF!
ES WAR EIN WITZ... EIN WITZ ...
DU MUSST NICHT WÜTEND WERDEN. WEISST DU... DEINE KUNDEN GEHÖREN ZUR UN.
SU... SUNAO, MEIN KLEINER ...?

HA ...?
SO IST DAS NUN MAL MIT DER VERWALTUNG... HAST DU ES EILIG?
ÄH... B-B-BALD ...
PTAM
KCHUT
KLAP
KLAP
KLAP
KLAP
NUN DENN!
AN DIE ARBEIT!
ES TUT MIR LEID, CHEF ...
JA ...

JA... ICH BIN SCHON UNTERWEGS.
SLAM
TRLL TRLL
PFFFFF...
ABER WARUM HAST DU ES SO EILIG ...
MEIN KLEINER SUNAO ?

SFOUM
ARH ... AUA !!

ALLES IN ORDNUNG, GNÄDIGE FRAU ?
DAN-KE.
HOP ...

HUHU, FRÄULEIN M-ZAK! SIE FALLEN ABER OFT HIN.
PEK
NEUAN-KÖMMLINGE VON DER ERDE STÜRZEN OFT.
SIE SIND NICHT MEHR AN DIE VERÄNDERTEN SCHWERKRAFT-VERHÄLTNISSE GEWÖHNT.
STHO

JA, JA.
ICH WEISS, DIR FÄLLT ES LEICHT.
UND ICH WEISS NICHT, WIE ICH ES SCHAFFE ...
TROTZ DER GERINGEREN SCHWERKRAFT.
HYUT
SCHAUEN SIE.
FL UN
HE...?
HUATS

OH!
FOMP
FTOM

FWUIT
SIE KÖNNTEN JEMANDEN VERLETZEN.
PASSEN SIE DOCH AUF!
... WEH ...!
ABER ICH HABE MIR DOCH ...

ABER ... KEI ...
ÄH... NEIN, ICH MEINE ...
TLOK

HABEN SIE'S GESEHEN ?
WAS ?
SIE WISSEN SCHON !
JA! ABER ICH HABE IHREN SLIP NICHT GESEHEN.
SIE HABEN SICHER HINGE- SCHAUT.
FLIP
FRÄULEIN M-ZAK, ICH HASSE IHN!
TSHAM

SAGT SIE!
Tlik
!
ABER ...?
WAS IST DAS FÜR EINE BLÜTE ?

DAS IST EINE KIRSCHBLÜTE.
WEISST DU ES NICHT?
KIRSCHBLÜTE?

...
AH, FRÄULEIN M-ZAK. ICH BIN DER FÜHRER, DEN DAS TOURISTIK-BÜRO GES-CHICKT HAT, SUN ...
HATS

5. Akt

ICH BIN DER FÜHRER, DEN DAS TOURISTIK-BÜRO GES-CHICKT HAT, SUN ...
FRÄULEIN ATTIM M-ZAK ?
AH!
FUIT
TLAP
TLAP

SPAT

SIE SIND DER FÜHRER ? WAS SUCHEN SIE ...
FLTT
FLTT
... HIER ...?
NUIK
GNN

ICH... MÖCHTE MICH... FÜR UNSERE VERSPÄTUNG ENTSCHULDIGEN ...
SLIT
?!
HUMM

TUT MIR LEID!
ES WAR EIN IRRTUM.
ICH HABE SIE FÜR JEMAND ANDEREN GEHAL-TEN...

HE-HE.
ACH, SCHON GUT. ES HAT NICHT SEHR WEHGETAN.
PIF PIF
FFF...
IST DAS DEINE LIEBE AUF DEN ERSTEN BLICK ?
HYUT
ÄHEM!
SAT

ÄH... SIE SIND FRÄULEIN KEI. SIND SIE VERLETZT?
?
KEINE ANGST, SIE HEULT WEGEN JEDER KLEINIGKEIT. WENN ES DANN ABER WAS ZU ESSEN GIBT, IST ALLES VERGESSEN, NICHT WAHR...
KEI ?
DIESE UNTERSUCHUNG HAT UNS DEN GANZEN NACHMITTAG GEKOSTET. ES IST JETZT SCHON SPÄT, ABER KÖNNTEN SIE UNS VIELLEICHT ZU EINEM RESTAURANT FÜHREN ?
NATÜRLICH. ICH WERDE ETWAS RESERVIEREN LASSEN. MÖGEN SIE CHINESISCH ?
JA!
SO, DAS WÄRE ERLEDIGT ...
DAS RESTAURANT BEFINDET SICH IN EINEM FIRST-CLASS-HOTEL ...

SIE SOLLTEN SICH VIELLEICHT UMZIEHEN ...
O.K. ?
UND WO SOLL ICH MICH UMZIEHEN ?
GEHEN WIR ?
TLON
HE!
FRAU UNTERSUCHUNGSBEAMTIN, ICH DANKE IHNEN FÜR IHRE KOOPERATION IN DIESER TERRORISTENANGELEGENHEIT.

SIE IST EINE SCHÖNE FRAU.
JA, CHEF!
SIND SIE WEG?
DIESE UNTERSU-CHUNGS-BEAMTIN... DAS ATTEN-TAT...
PASS MAL AUF!
...WAR NICHTS GEGEN DEN SKANDAL, DER HIER BALD EX-PLODIEREN WIRD!

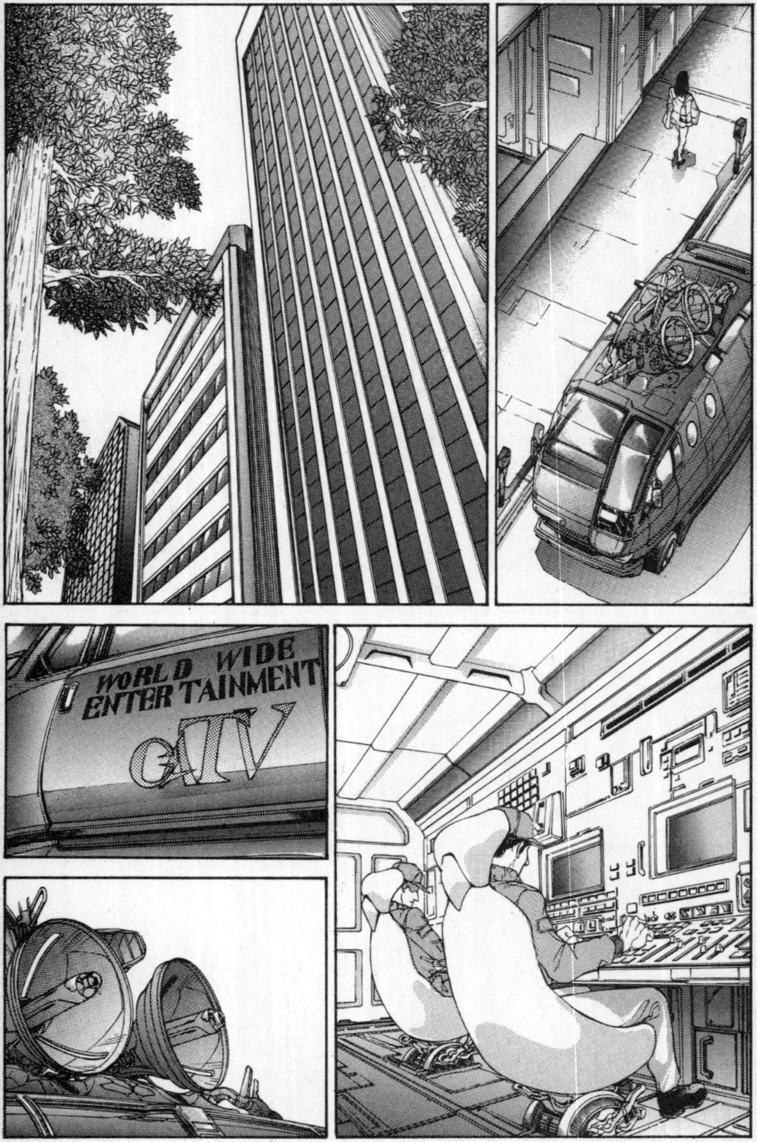
WORLD WIDE
ENTERTAINMENT
eTV

DAS RESTAURANT BEFINDET SICH IN EINEM FIRST-CLASS-HOTEL ...
DAS IST DAS DAIZEN-HANTEN. ALLES VOLLER LEUTE...
SOLLEN WIR HERRN LYX ÜBER ALLES WEITERE INFORMIEREN ?
JA! HERR LYX IST VON GANZ OBEN EINGESETZT WORDEN. WIR STEHEN UNTER SEINEM BEFEHL.
UND WIR GE-HORCHEN ERST MAL ...

Act
No body
月影
2F
Hata
スグココ
GARDEN
QUEEN
B1F

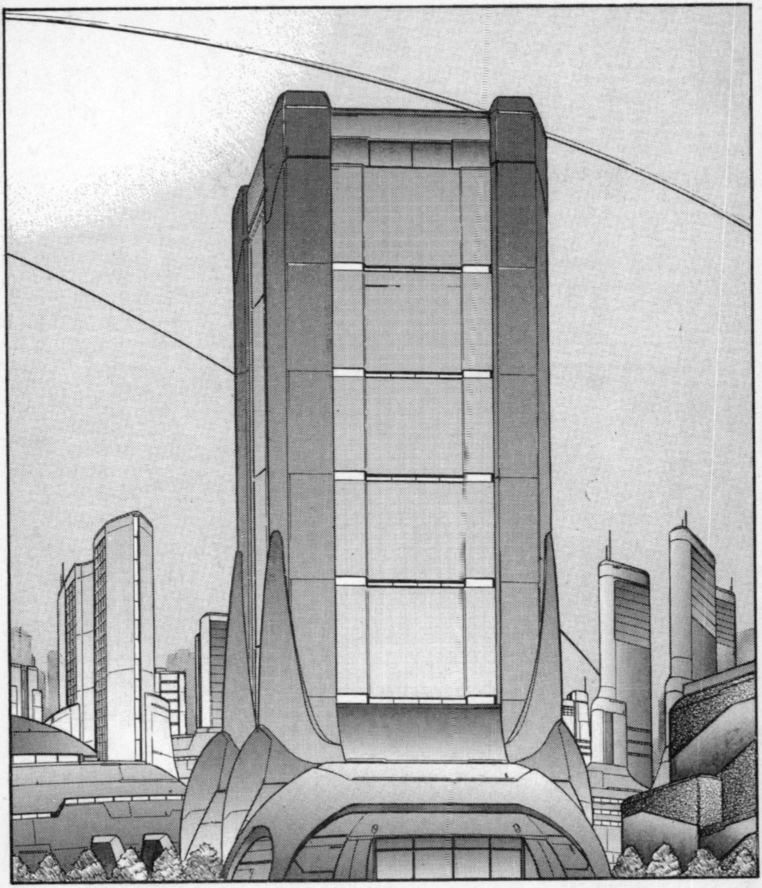

HM ...

ICH FINDE, DASS MAN DAS ESSEN NACH EINEM SPAZIERGANG VIEL MEHR GENIESST, ODER?
FWT
HÄTTEN WIR EIN TAXI GENOMMEN, WÄREN MEINE KLEIDER NICHT SO SCHMUTZIG GEWORDEN.
KEI, DU BIST DOCH NUR EINMAL HINGEFALLEN. ICH DAGEGEN ELFMAL ...!

HÖREN SIE... FÜNF KILOMETER SIND ECHT LANG ...
WIE? KEI?!
UND WER WOLLTE ZU FUSS GEHEN, UM ALLES ZU SEHEN?
GENAU! KEIN GRUND, SICH ZU BRÜSTEN!
SCHPLING
OKAY, DAS NÄCHSTE MAL ENT-SCHEIDEST DU.
NA ALSO!!
FINDEN SIE AUCH, SUNAO!
JA!
WISSEN SIE, VON WO AUS MAN DIE STERNE BEOBACHTEN KANN?
DENN HIER IN DER KUPPEL DES RESTAURANTS SIEHT MAN GAR NICHTS.
ERST ESSE ICH NOCH EIN MANDELEIS, UND DANN GEHEN WIR UNS DIE STERNE ANSEHEN.
HEHE! ♡

JA, ICH WEISS, WO. ICH ÜBERPRÜFE ES MAL...
TCHUK
?!
ZAH
Mip Mip
ES IST... ES IST KEINE KARTE DRIN ...
TSHAK TSHAK
AH?
ICH MUSS SIE VERLOREN HABEN!
FLAP FLAP

TZAN
GluRp
WAS HABEN SIE DENN? SIE SIND AUF EINMAL SO BLEICH!
ÄH... NICHTS ...
GAR NICHTS ...
FLLLT FLLLT
ÜBRIGENS, MEIN CHEF HAT MIR KEINE INSTRUKTIONEN GEGE-BEN, WAS DIE BEZAHLUNG DES ESSENS UND DER ANDEREN AUSLAGEN BETRIFFT...

MACHEN SIE SICH KEINE SORGEN. NORMALERWEISE ERSTATTET DIE UN ALLE AUSLAGEN SOFORT.
SELBST WENN SIE FINANZPROBLEME HAT, WIRD SIE IHNEN DAS GELD FÜR DAS ESSEN UND DEN FÜHRER VERGÜTEN.
SIE WERDEN DAS GELD SPÄTER BEZAHLEN ?
NATÜR-LICH!
HABEN SIE DESHALB SO WENIG GEGESSEN ?
...
ICH WEISS NICHT, WARUM, DOCH KEI HAT AUCH KAUM ETWAS GEGESSEN.
ABER ICH ESSE IMMER SO WENIG!
HAHAHA!
MACHEN SIE SICH NICHT LUSTIG, FRÄULEIN M-ZAK.

ACH JA? ABER GERADE WOLLTEST DU DOCH NOCH EINS...
NEIN, ICH WILL KEINES MEHR.
KEI? WILLST DU NOCH EIN EIS?
ALSO...
WIE? ÄH... ACH, DANN NEHME ICH AUCH NOCH EINS.
ALSO DANN NEHME ICH NUR EINS FÜR MICH.
ICH HABE KEIN GELD MEHR!
RITSCH
BESTELLEN SIE DOCH MAL, OHNE VORHER GROSS NACHZUDENKEN ...

ICH KANN DOCH MEINEN KUNDEN NICHT BITTEN ...
...
ICH KANN JA FRAGEN, OB SIE MIR KREDIT GEBEN ...!
NATÜRLICH ...!
MEINE KARTE FUNKTIONIERT NICHT... UND ICH GLAUBE NICHT, DASS WIR HIER WEGKOMMEN, OHNE VORHER DIE RECHNUNG BEZAHLT ZU HABEN.
SHIA SHIA
ABER SIE KÖNNEN DOCH DAS HANDY BENUTZEN ?!
ICH MUSS TELEFONIEREN GEHEN.

ÄH... JA. BITTE ENTSCHULDIGEN SIE MICH.
ODER ?
DAS WÄRE UNHÖFLICH, FRÄULEIN M-ZAK.
PARDON ...
ÄH ...

HAST DU DAS GE-SEHEN!
EINE... EINE WAFFE!

6. Akt

HELFEN SIE MIR, BITTE!
AH
MEIN GOTT!
AH
AHH
AH
AHH
ICH VERSPRECHE, NICHT UM EINEN KREDIT ZU BITTEN, ABER...
GLUPS

IDIOT! WARUM HAST DU GESCHOS-SEN?!
FTAP
MUSSTE SEIN! ER GEHÖRT ZU M-ZAK!
MÜSSEN DEN PLAN ÄNDERN!
WAA

Tchik
ZU HILFE! ER IST BEWAFFNET! IIIII!
TLAK
YAA

MEINE GÜTE! HIER GIBT ES SELTSAME GÄSTE.
MÄNNER... BEWAFFNETE MÄNNER ...
SIE... SIE... KOMMEN!
SCHNELL!
WIR... MÜSSEN WEG ...
!
KUYT

KYAA!
UNG! WHOA!
SHKLANG
ES GEHT SCHON. ICH WERDE NICHT MEHR HIN-FALLEN...
LEG DICH AUF DEN BODEN.
TLAK
FRÄULEIN M-ZAK ?!
PHA

WIT
TSUN
WAS ...?
WACH

Mff
HYUT
...
FTIM

PLOM
NA... VIEL HÄLT ER ABER NICHT AUS.
SUI

STOMP
GWHEUUU
MBLL MBLL
DIE POLIZEI! WO BLEIBT DIE POLIZEI ?!
DER GESCHÄFTSFÜHRER!
IST ER TOT!
HE?
JA!
WER IST DAS?

EIN BÖSER MANN, DER DAS EMBLEM-SEED WOLLTE.
WIE ?
ABER...? HABEN WIR WIRKLICH FEINDE?
SIE WOLLEN NICHT DEIN EMBLEM-SEED, KEI, SONDERN DAS, DAS SICH IN MEINEM AKTENKOFFER BEFINDET.

FRÄULEIN M-ZAK! SIE HABEN AUCH EINS ?!
ES GEHÖRT NICHT MIR. ICH TRAGE ES NUR BEI MIR.
WIE ...?
ICH BRAUCHE ES FÜR DIE UNTERSUCHUNG.
SAGEN SIE ...

WAS SIND DAS? DIESE EMBLEM-SEEDS ?
GEHEIME SCHÄTZE, DIE DIE WELT VERÄNDERN KÖNNEN ...
SO SAGT MAN!
ICH LÜGE.
ES HAT NICHTS MIT IHNEN ZU TUN.
VIELLEICHT HAT DAS NICHTS MIT MIR ZU TUN, ABER...
UND WIE DAS WAS MIT IHM ZU TUN HAT! DESHALB WURDE ER DOCH HINEINGEZOGEN!
ALSO SAGEN SIE NICHTS FALSCHES!!
MEINST DU ?

NEIN, KEI... FRÄULEIN KEI. IST NICHT SCHLIMM.
SEIEN SIE STILL!
ÄH... JA ...
SUNAO IST NICHT WIE SIE, FRÄULEIN M-ZAK! ER IST NORMAL.
JA... DAS STIMMT.
TUT MIR LEID.
HAH... EINE UNTER-DRUCK-PISTOLE, SPEZIELLES MOND-MODELL.
DER IST HIN!
HIER, SUNAO!

OH, IST JA GANZ LEICHT.
UND DAS ...
TSHU
HABEN SIE DAS VERLOREN?
AAH! MEINE KARTE!
PTIM
FRÄULEIN M-ZAK, WO HABEN SIE DIE HER?!
FhWt
ALS ICH GEFALLEN BIN...! HIER!
DAS IST NICHT SEHR NETT ...
AAAAH!!
KEI!

DEN KOMPLIZEN HABE ICH VÖLLIG VERGESSEN!
DAS IST MEIN ...
SLICH
JETZT SIND WIR QUITT.
TUT... TUT MIR LEID.
SIE SIND NICHT QUITT. SIE SIND EIN PROFI, FRÄULEIN M-ZAK!

HAHA! ICH BIN ZER-STREUT.
SUNAO, BLEIBEN SIE BEI KEI.
ICH HABE DEN EINDRUCK, DASS KEI SICH SEHR FÜR SIE INTERESSIERT, SUNAO!
ES... ES REICHT JETZT, FRÄULEIN M-ZAK!!
BLUSH

EXIT
HIHI! SIE IST SEHR ...
SIE TRIFFT KEINERLEI VORKEHRUNGEN!
ABER WENN ES EINE FALLE IST...
...SPEZIELL!

TapS

STAP
TWUM
PLAK
SKREECH
STASH

ICH WILL MEINEN AKTENKOFFER ZURÜCK!
DAS IST EINE SACK-GASSE!

SHATK
TSINK
VERDAMMT...
PSUM
JA, GE-NAU!
ATTIM M-ZAK ?
!
FLUM FLUM

ISHA
ARGH ...
CHPYUK
PlAk
PlAk
WER SCHICKT DICH?
DU BIST VIEL ZU LANGSAM FÜR MICH! UND JETZT SAG MIR ...
... JETZT ?
UND ...
ARG!
WIE... HABEN SIE...?

MIR IST ES EGAL, WER VON EUCH BEIDEN MIR DIE ANTWORT GIBT!
VER-STEHE.
WAS MICH BETRIFFT ...
CHFLIT
MIST!
pKt
PFUIIM
KCHING
FTWHOOMP

KLUN
UFF!

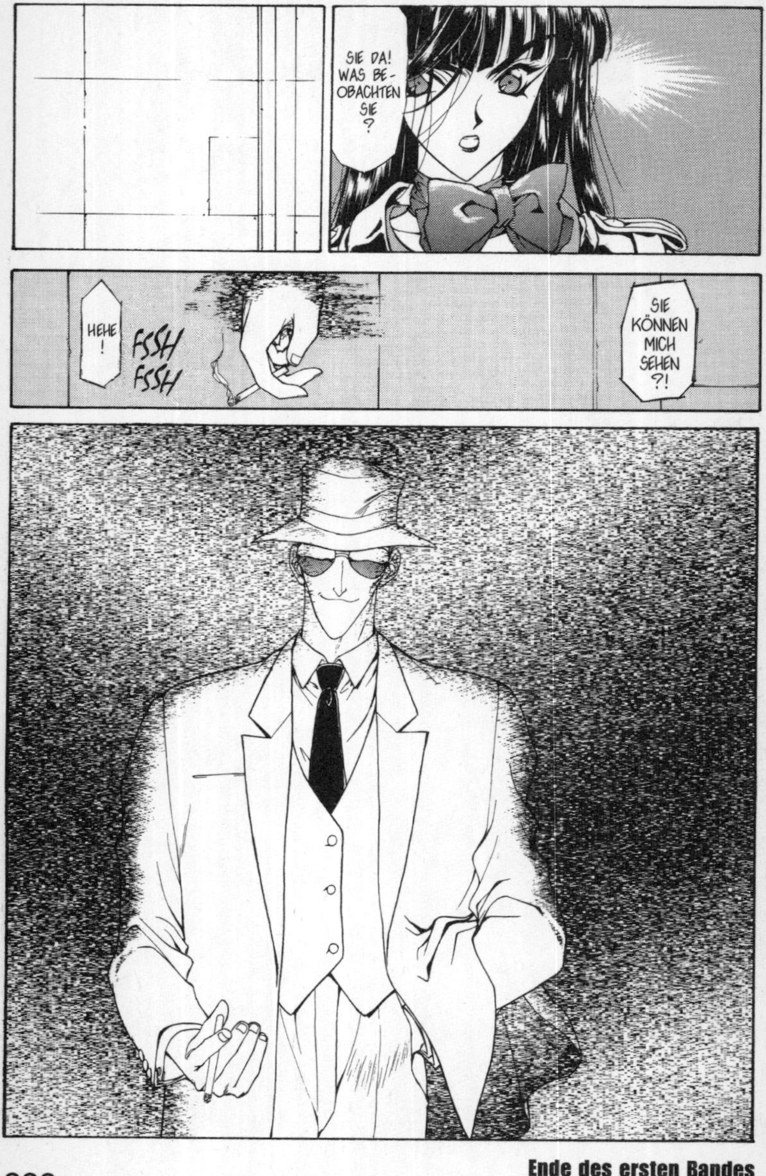

Ende des ersten Bandes

2. Auflage
EGMONT MANGA & ANIME
Wallstr. 59
10179 Berlin
Übersetzung aus dem Französischen: Fritz Walter
Verlagsleitung: Georg F.W. Tempel
Redaktion: Etsche Hoffmann-Mahler
Lettering: Horus und Kirsten Mischok-Odenthal
Gestaltung: Claudia V. Villhauer
Koordination: Andrea Reule
Buchherstellung: Uwe Oertel
Originaltitel: „Seraphic Feather" Vol. 1

Druck und Verarbeitung: Nørhaven Paperback A/S, Dänemark
ISBN 3-89885-293-8